iyi ki yok-sun

Hakan Özkan

OLİMPOS®

İYİ Kİ YOKSUN
Hakan Özkan

Düzelti: Elif Yalçınkaya
Kapak Tasarım: Betül Akyar
Sayfa Tasarım: Olimpos Yayınları

11. Baskı: Kasım 2021
ISBN: 978-605-7906-81-6

OLİMPOS YAYINLARI
Maltepe Mah. Davutpaşa Cad. Yılanlı Ayazma Yolu No:8 K:1 D:2
Davutpaşa / İstanbul
Tel: (0212) 544 32 02 (pbx) Sertifika No: 42056
www.olimposyayincilik.com - info@olimposyayinlari.com

Genel Dağıtım: YELPAZE DAĞITIM YAYIN SANAT PAZARLAMA
Maltepe Mah. Davutpaşa Cad. Yılanlı Ayazma Yolu No:8 K:1 D:2
Davutpaşa / İstanbul
Tel: (0212) 544 46 46 Fax: (0212) 544 87 86
info@yelpaze.com.tr

Baskı: Strateji Kağıtçılık Basım Yayın Lojistik Dış Tic. Ltd. Şti.
Orhan Gazi Mahallesi 19. Yol Sokak No:8 Isıso Sanayi Sitesi
Esenyurt/ İstanbul Sertifika No: 41579

iyi ki yok-
sun

Hakan Özkan

OLİMPOS®

Ne bir psikolog ne bir yaşam koçu ne de konuyla ilgili başka bir şeyim. Kendimi, deliler gibi birbirlerini sevmelerine rağmen yaşanan ayrılıklara karşı duran biri olarak tanımlıyorum. Kendimi tamamen, en büyük sevabın sevenleri kavuşturmak olduğu fikrine kaptırarak yola çıkmaya başladım.

Ulaşmak istediğim okuyucu kitlesini "Yüreğini Ortaya Koyarak Sevenler Derneği" olarak belirledim. Bu kitap, kesinlikle alanında uzman bir hekimden alacağınız desteğin ve tedavinin yerini tutma iddiası taşımamaktadır. Tek amacım; elde etmiş olduğum hayat tecrübesine dayanarak sizlere, zorlu ayrılık sürecinde elimden geldiği kadar detaylı bir şekilde yardımcı olabilmek.

Arkadaşlar; varın ispatı, yokun ispatından her zaman daha kolay olmuştur. Örneğin yeşil bir elmanın var olduğunu ispatlamak için çıkarıp göstermemiz yeterli. Oysa olmadığını kanıtlamak için bütün dünyayı didik didik aramanız gerekmektedir. O yüzden ilk etapta kendinize sormamız gereken soru şu olmalı diye düşünüyorum: "Sevdiğiniz kişi aklınız ve yüreğinizde var mı? Varsa ne kadar var? Eğer yatarken son düşündüğünüz kişi ve uyandığınızda aklınıza gelen ilk kişi oysa sende bizdensin. Eğer durum bu değilse kitabın devamını okumanız hiçbir anlam taşımaz! Eğer aşk acısı çekiyorsanız şimdilik Kaybedenler Kulübü'ne hoş geldiniz. Amacım sizleri buradan olabildiğince çabuk ve en düşük seviyede acı çekerek çıkartıp Allah'ın sizi bambaşka birine sakladığı gerçeği ile yüzleştirmek.

"Rüzgâr ateş için neyse, ayrılık da aşk için odur; küçük bir aşkı söndürür, büyük bir aşkı daha da güçlendirir."

Mevlânâ

Kalpler Allah'ın Emanetidir

Ondan istersin. O, hak ettiğini düşünür de verirse yüceliğidir; vermezse de bu senin imtihanındır.

Yeter ki içindeki Allah korkusu zeval almasın, inancın kirlenmesin. Kalbini temiz tutarsan "Bak seni onunla sınadım ama yar etmedim." deyişini hissedebilirsin.

Belki bir gün karşına bambaşka birisini diker. "Bak, seni buna gizledim." der. Bu, tamamen Rabb'imin sana "Bak, sana kimi yazdım." deme şeklidir. Yeter ki fesat olma, pes etme, nefsine yenilme. Aslanlar gibi dinini imanını yitirmeden mücadele et sevdiğin kişi için. Ona zarar vermeden hissettir sevdiğini ve unutmadığını.

Rabb'im emeğini ve uğraşını görür. Yeter ki "Ben elimden geleni fazlasıyla yaptım. Buna rağmen olmadı." diyebileceğin aşamaya ulaş. Oradan sonrası kafa mis, vicdanın rahat. Bırak, o düşünsün. Sen elinden geleni gani gani yapmışsın. Hayatımızı seçimler belirler. Bu da onun en büyük kumarı farz et.

Fesatlık, kötü kalbin ispatıdır. Yeter ki sen kalbini temiz tut. Olmadı diye kimselere zarar verme, ah etme, beddua etme. İnan, zarar gören sen olsan dahi bilmelisin ki Rabb'im her şeyi görüyor. Herkesin gizli duasını bildiği gibi herkesin içinden geçenleri de biliyor.

Birini seviyorsanız onu Allah'tan isteyin, kalpler Allah'ın elindedir!

Her Şeye Kader Karar Verir

Bence birini edebini yitirmeden sevebilmek, Allah huzurunda takdire layık tek sevme şeklidir.

Her kızın kendini martıya âşık balık gibi hissettiği anların olduğu gibi, her erkeğin vardır bir Eyşan'ı diye düşünüyorum. Koşullar tamamen aleyhinize olsa bile hatta sabrınızı taşıracak seviyeye ulaşmış olsa da bilmenizi isterim ki; kimsenin, karşısındakini yıpratarak, paramparça ederek sevmeye hakkı yok. Vücudumuzun herhangi bir yeri ağrıdığında ağrılarımız dinsin diye ağrı kesici kullanma ihtiyacı gereğinde bulunuruz. Acılar daha tez dinsin diye saat başı yutulan hapların açabileceği yan etkilere benziyor aranızdaki mesafeleri anlık aşabilme arzusu. Ümit ettiğiniz şeyin gerçekleşmesi tahammül edebileceğiniz sabırdan geçer. Mesele ona değil, ona sahip Allah'a onu tertemiz sevdiğinizi kanıtlayabilmekte. Bunu becerebilirseniz ve o kişi kaderinizde var ise siz, o dönsün diye uğraşmasanız bile Allah onu yine size gönderecektir.

Kadını İlginle Besle

Bir kadının: "Yapma, canını yiyeyim, etme ne olur düzel." demesine rağmen değişmeyen davranışların ile senin yüzünden ağlamasına sebep olduysan hesaba katmalısın ki dışarıda onun gözyaşlarını silebilmek, seni unutturmak için hazır olda bekleyen yüzlerce erkek var. Başkasına giden kadın yoktur ama elinden tutmayı beceremeyen erkek vardır. Kadın, sana olan sevgisinden çok, kendisine olan saygısından dolayı başkasına adım atmaz. Bunu, "Bu mal ne yaparsam yapayım benden gitmez!" diye algılaman asrın hatası olabilir. Kimsenin yeri garanti değil. Neredeyse herkes, zamanında başka birisinin sevdiği ile yola devam etmiyor mu? Senin yarıda bıraktığını başkasının tamamlamasına tahammülün yoksa tamir etmesini bilmediğin şeyi eh bir zahmet bozmayacaksın. Dikkat edeceksin.

Kızlar, seks için âşık taklidi yapan erkeklerin var olduğu bir toplumda, aşk için seksi kadın rolüne bürünmeyin. Seni eşofmanlı halinle beğenmeyen, aynı zamanda gelinliğinle de hak etmeyendir. Bu kadar basit. Bir de kendinize şu soruyu her fırsatta sorun: "Bir insan kendi olmadığı sürece, kazandığı şeylerin gerçek anlamda ne derece sahibi olabilir ki?"

Adam gibi adam, dibine kadar sever ve kılına zarar gelsin istemez. "Beni seviyorsan yapacaksın!" diye şart koşmaz. İşine gelen prensipler yaratıp kural koymaz. En çok kendine yazık edersin. UNUTMA!

Bir kadını hiçe saydığında, ona küfür ettiğinde ve hatta vurduğunda bilmelisin ki dışarıda tam da senin elinin tersi ile ittiğin kadını tutmak, onun tarafından sevilmek için sıra bekleyen binlerce erkek var. Onun dikkatini çekebilmek, kalbini kazanmak için her bir şeyi göze alabilecek erkeklerden bahsediyorum. Bilmelisin ki mutluluk isteyenlerin değil, hak edenlerindir. Ben derim ki sende kalabilmek için var gücüyle direnen kadının kıymetini, onu tamamen kaybetmeden bil. Bilirsin sen de; bazı gidişlerin dönüşü yoktur. Bu dediklerimi yaz bir kenara, yoksa bozuk plak gibi durmadan bahsettiğim o erkeklerden biri, bir gün çıkar gelir ve senin olanı alıp götürür senden. Bir daha da geri getirmez.

Onu nasıl mı mutlu edebilirsin?
Her ânında yanında olduğunu hissettirmelisin, her ne olursa olsun koruyarak sahiplenmelisin. Tüm dünyaya onun sana ait olduğunu göstermelisin. Unutma; tüm kalbiyle seven insan bunları yapar.

Hakkındaki söylentilere aldırış etme, sen yeterince güzelsin zaten. Seni terk mi etti? Bunu kafana takma. Demek ki gözlerindeki ışığa bakabilmeyi hak etmediğindendir. Belki aradan haftalar, aylar, seneler geçecektir tekrar sevebileceğin biri ile karşılaşana dek. Ama emin ol o zaman her şey muhteşem olacak. Hayat karşına öyle birini çıkartacak ki kendine: "Acaba beni sevmiyor mudur?" sorusunu bir daha soramayacaksın. O seni makyajsız halin ile de fazlasıyla güzel bulacaktır. Eski sevgilinin sende nefret ettiği her huyuna iyi ki de böyle biri diye minnet duyacak birisinden bahsediyorum. Sabırlı olmalısın çünkü Rabb'im seni çok özel biri için saklıyor.

Vasat Sevilmektense Hiç Sevilmemek

Allah haksızlığa yalnız başına katlanmayı kendine vazife edinmiş kullarını sevmez. Ama onlara acır. Sen bir şekilde arayı düzeltmeyi başarıp anı kurtarsan da o seni hak etmeyen birine layık görmediğinden sen bunu anlayana kadar aranızı sürekli yine bozar. Sadece seni sınamakla yetinir. O da ilerde iyinin, doğru insanın, seni sakladığı kişinin kıymetini daha iyi bilesin diye. Allah'ın verdiğini kimsenin elinden almaya gücü yetmez. Allah'ın aldığını da kimse geri veremez. Şunu bil ki hayata yön veren kararlar çoğunlukla yeterince sınanmışlık sonrası alınan kararlardır. Bir de bakmışsın artık ben nerde yanlış yapıyorum diye düşünmüyorsun, içine aniden bir "O aslında hiçbir şeyi doğru yapmadı." farkındalığı düşmüş. Artık ona karşı güçlü bir zayıflığın yok. Vasat sevilmektense hiç sevilmemekten yanasın. Çünkü artık kabullenmişsin; hiçlikle bir şekilde yaşandığını, hak etmeyen birine harcadığın zamanın israf olduğunu.

Gerçekten seven zaten şartlar ne olursa olsun yanında kalır elbette. Eğer tam tersiyse sonuç gayet açık ve net. İnce düşünmeye hiç gerek yok yani sev-mi-yor-dur.

Bazen bir kadının istediği tek şey;
Senin onla olan ilişkini sanki ondan
birazcık daha fazla istiyormuş gibi
davranmandır.

Seni Hiç Bırakmayacağım Diyenlere Gelsin

Bak kardeş, sana desem ki zor sevebilen kızlar, aynı anda sevilmeye en layık kızlardır. Bana inanmanı ve güvenmeni isterim. Onu elde etmen hiç ama hiç kolay olmayacak. Ama kolay elde edilen neyin değeri var ki? Mesela altına pahalı bir araba çekersin. Çok uğraşmışsındır, çok çalışmış ve çabalamışsındır ama nihayetinde almışsındır. Senindir artık! Her bindiğinde zevk verir sana. Çünkü ona binebilmek için dişini sıkmış ve çalışmışsın. Daha az maliyete alabileceğin onlarca külüstür arabaya tenezzül etmemişsin. Hiç farkına vardın mı bilmiyorum ama sanki nerede sevilmeye layık bir kadın varsa hepsini aşka küstürmüşler. Demek ki bir kadının hayatına, en az bir alçak girmediği sürece olgun sayılmıyor. Bence sırf bu yüzden şımartılmış değil, yıpratılmış kadınlar sevilmeli. Sanki onlar her şeyin kıymetini daha iyi biliyorlar. Sen, onun ördüğü duvarları bir yık! Bak, gör sonra neler olacak. Yeter ki sana güven duymasını sağla. En önemlisi bu. Sonra göreceksin ki sana zaman ayıracak. Yeri gelecek senin için herkesi karşısına alacak. Seni gördüğünde öyle bir sarılıp öpecek ki sevildiğini ta iliklerine kadar hissedeceksin. Sonrasında yapman gereken tek şey, ona layık biri kalabilmek. Kızcağız tabularını yıkıp sana her şeyi ile gelmiş. Sende sevdiği bir şey görmüş de bunu yapmış. Eh, sen de bir zahmet onu, sana kendisine yakın olabilme fırsatı verdi diye buna pişman etme. Bir kızı kazanmak için gösterdiğin çaba neyse elde tutabilmek için de aynı ilgiyi göstermelisin. Erkeklerin en büyük hatalarından biri de tam olarak bu işte: Kızı, kendilerine âşık ettirdikleri davranışları, onu kazandıktan sonra aksatmaları. O kız, seni tam da bu yüzden sevmiş, sana inanmış. Sen, kendi kendini neden yok ediyorsun?

Birini sevmekten korkan kadın, o ilişkiden bu ilişkiye atmaz kendini. Emin ol. Onu özel kılan da budur zaten. Anla geri zekâlı! Aşk bu. İnsana yanlış yaptırabiliyor. Bazen, onu o kadar ilgisiz, çaresiz bırakmışsındır ki sadece: "Belki beni kıskanır, belki beni kaybetmekten korkar." dercesine sana engel koyar. "Bana yazma, beni arama." der. Oysa asıl demek istediği: "Ben yoruldum, bir kerede sen bizim için savaş, mücadele et." Bakma sen durum güncellediğine, güzel ve mutlu görünen fotoğraflar paylaştığına. Kalbini güncelleştirmediğinden yapar. Bu da onun yenik zaferi, serseri stilidir.

Böyle kızlar, üç ay sonra kalkıp da başka birisine "Seni seviyorum." demez, diyemezler. Olur da bir gün böyle bir kıza denk gelirsen her şey çabuk gelişsin isteme. "Ben ona iltifat ettim, o da bana etsin." deme. İki- üç gün sonra "Aşkım" demesini hiç bekleme. Bu tür kızlar boşluktalar ama aptal değiller. O yüzden günümüzün fırsatçı erkeklerini, emin olun, hemen deşifre ediyorlar. Böyle kızlar, ruhlarına dokunana âşık oluyorlar, bedenlerinde gözü olanlara değil. Siz sanıyorsunuz ki boşlukta olan kız daha basittir. Hadi, diyelim yalanla dolanla başardınız. Ya sonra? Demet Akalın'ın da dediği gibi: "Yarına kalsa da yanına kalmaz." Ne kadar doğru. Bunun en basit örneği: Aynı anda bir kız bir de erkek hesabı açın. Eş güzellikte yirmi tane fotoğraf paylaşın. +1000 takipçi sonrası; kıza yüzlerce kişi, erkeğe ise birkaç kişi yazacaktır. O yüzden onlar her daim daha hassas, daha dikkatli davranırlar. Sen gerçekten zor sevebilen bir kızın, sırf sen istiyorsun diye sana numarasını verebileceğini ya da seninle görüntülü konuşacağını sanıyor musun? Bakın, dikkat edin zor sevebilen diyorum. O yüzden, karşılarına, kendilerine derhal pas vermeyen biri çıktığı zaman uğraşmak istemez, başkasında denerler.

Seni hiç sevmeyen birini sevmek zor. Ama seni daha önce sevdiğini söyleyip de şu an nasıl olduğunu merak etmeyen birini sevmek çok zor.

Ona En Çok Sevdiği Şeyi Vermelisin

Seni gerçekten seven bir kadın için muhteşem olup olmamanın önemi yoktur arkadaşım! Onun senden beklediği tek şey, yürekli bir adam olman, sevmen, kıskanman ve benimsemen! Ona zaman ayırabiliyor, hak ettiği ilgiyi gösterebiliyor, "Kadınım" diye sahiplenebiliyorsan zaten sen kazanırsın.

Seni hatalarınla seven bir kadın, onu zaman zaman üzsen bile bu dediklerimi uygulayabilirsen, yüzlerce erkeğin ona daha güzel bir hayat sunabileceğini bilmesine rağmen buna aldırış bile etmeden yanında kalacaktır ve her düştüğünde seni kaldıracaktır.

Bir kadının en kötü anında yanında olabiliyorsan ve gözyaşlarını tebessüme dönüştürebiliyorsan o kadın seni asla unutmaz.

Kendime sözümdür; bir daha içime sinmeyen ve değersiz hissettirildiğim hiçbir yerde durmayacağım. Ne kadar kötülük görürsem göreyim, içinden tertemiz çıkıp iyiliği, sevgiyi ve inceliği savunacağım. Bir daha yüzüme kapanan hiçbir kapının arasına elimi koymayacağım.

Masumca Sevmek

Hayattaki en kötü şeylerden biri de kişiliğinden şüphe ettiğin birine duyduğun masumca sevgidir. İşin en berbat yanı da naif insanlar, bu süreçte içlerindeki umudu asla tamamen silip atamazlar. Kalpleri o kadar temizdir ki düşünemezler onlara tanıyacakları olası bir yeni şansın kendilerinin huzura doğru giden yoldaki şanslarını azaltacağını. Korkarlar başkasına adım atmaya... Bilmem, belki de yanlış insanın yaptıklarını doğru insana ödetmek istemediklerinden böyledirler. Kendilerine kızmakla yetinirler daha çok, tüm bunlara nasıl izin verdim dercesine. Çünkü aslında onlarda gayet iyi bilirler bencilliğin iliklerine kadar işlemiş birinden fedakârlık beklemenin imkânsızın ta kendisi olduğunu. Sabır ile tahammül etmek farklı şeyler. Seni umursamaz tavırları ile çıkmaza sürükleyen, düzeltmek için çaba sarf etmeyen, beklenmez silinir o yok edilir. Bitirilir.

Yüreğimdeki Duruşunu Seviyorum

Kadınının yanına aklına sırf o şeyi getirmeden uzan. Kollarına al onu, saçları ile oyna, gününün nasıl geçtiğini, kalbinden geçenleri sor! Kısacası ilgilen onunla, hayatındaki tek kadın olduğu hissini ver. Yanında değil mi? Uyurken ona mesaj çek, arkadaşları ile beraberken ara, işteyken yanına git… Kafandaki diğer tüm kadınları sil. Sadece tek bir kadın için var olduğunu göster ona. Çünkü bir gün o kadın inanılmaz derecede acı çekerek senin çocuğunu karnında taşıyacak, onu dünyaya getirdikten sonra güzelliğini, çekiciliğini kaybedecek. Ama inan bana, senin çocuğunu kollarına aldığında çektiği tüm bu acıları unutacak. Sana her şeyi ile kendini adamış bir kadını asla kandırma, mal yerine koyma. Düşünsene sana ömrünün sonuna kadar annenmiş gibi bakacak, aç karnına işe gitmeyesin diye kahvaltını hazırlayacak, toplum içinde şık gözükesin diye çamaşırlarını yıkayıp ütüleyecek… Neden? Sırf sevdiği erkeksin diye. Sevdiğin kadına, başka bir erkeğin bir gün kendi kızına nasıl davranması gerekiyorsa öyle davranırsan kazanma ihtimalin duadan sonra söylenilen âmin kelimesi kadar nettir. Unutma; hiçbir erkek asla gerçekten seven bir kadın kadar büyük sevemez, ben size imkânsızı zorlayın demiyorum ama madem asla onlar kadar büyük sevemeyeceğimiz tabiatın kuralında var; en azından onların sevgisine layık birer adam olma yolunda her türlü insani çabayı harcayın diyorum.

Şunu sakın unutma çocuk:

Kıymet bilmek, kaybettiğin birinin arkasından ne kadar ağladığınla alakalı bir durum değildir. Onunla beraberken değerini bilmenle alakalıdır.

Söyler misin sahi neydi tam olarak onun suçu? Sana hak ettiğinden fazla değer vermek mi? Bir kere, tek bir kere dürüst ol, yaşanmışlıkları göz önüne getir ve içinden kendi kendine bu soruyu cevapla. Merak etme, "Şaka mısın sen?" diye soran olmaz, iç hesaplaşması sonuçta.

Daha önce yıpratılmış kadınları sevin, onlar candır. En ufak inceliğin bile kıymetini bilir, minnet duyarlar. Şımarık kızların yaşanılan en basit olumsuzluklarda elli kere çekip gidecekleri durumlarda, onlar varını yoğunu ortaya koyup, her şeye rağmen zor günlerinizde yanınızda kalabilmek için uğraşırlar. Aşka küstürülmüş kadınlar nadir severler ama sevdiklerinde gerçekten iliklerine kadar severler. Bittiğinde uzun bir müddet kendisi ile tanışmak isteyen yüzlerce erkeği umursamazlar. Bil bakalım kimin için? Kendisini zerre umursamayan sen için! Sen kendinle gurur duyarcasına sanırsın ki hâlâ seni seviyor. Oysa o sadece kendine olan saygısından bir başkasına adım atmıyor.

Aslında onlar bu hayatta en çok mutlu edilmeyi hak eden kişilerdir. Olumsuzluklara anlayışla yaklaşırlar, sorunlardan kaçmaz ve direnirler. Bazen onun saf olduğunu ve bir şeyleri anlamadığını düşünürsün. Oysa o etrafında dönen dolaplardan haberdardır. Sırf huzursuzluk çıkmasın diye sineye çekmiştir. Şimdiye dek ona verdiğin hiçbir sözü yerine getirmemene rağmen "Olsun Allah'ın izniyle bir gün her şey düzelecek." diye düşünür ve buna inanmak ister. Bazı geceler uyuyamazlar. Her türlü senaryoyu kafalarından geçirirler. Seni üzen şeye çözüm yaratabilmek için uğraşırlar. Seni de her şeye rağmen ihmal etmezler. Dargın olsalar dahi sana süslenip püslenirler. Gönül koymak, trip atmak ne demek bilmezler. Ben derim ki onları kaybetmemeye ÇA-LI-ŞIN.

Allah sadece onun gücüne inanan kullarına dua etmeyi nasip eyler. İmkânsızı mümkün kılan tek mucize; onun sevdiği kul olabilmektir.

"Kadın; gördüğü şefkatle doyar, yediği yemekle değil. Gösterdiğin ilgi kadar güzelleşir, harcadığın para kadar değil. Sana duyduğu güvenle yaşar, içine çektiği nefesle değil. Ona hak ettiği değeri verirsen mutlu edersin, yalandan yüzüne gülmekle değil. Tüm bunlara rağmen hâlâ anlamıyorsan bilmelisin ki takılı kaldığın yerde; kadın gözleriyle konuşur asıl, sözleriyle değil."

Neden Israrla Onun Hayatında Olmasını İstiyorsun?

Bir erkeğin, henüz seninle bitirmeden ya da senden hemen sonra, hatta sana seni sevdiğini söylediği süreçte başka bir kadına gitmesinin iki sebebi vardır.

Birincisi; bir boşluk içerisindedir. Muhtemelen doyumsuzun, midesizin biridir. Diğer kadınların dikkatlerini üzerine çekmekle tatmin oluyordur. Değişikliği seviyordur. Daha iyisini bulma derdine düşmüştür. Bunu, şimdi size örnek vererek nasıl anlatayım? Yani adam sadece elma sevmiyor; karpuz, çilek, kiraz da seviyor. Her şeyden tatmak istiyor ve bunu yaparken kendini kötü de hissetmiyor. Bunu kendisinin en doğal hakkıymış gibi görüyor.

İkincisi ise; kalbinin artık bir başkası ile çarpıyor oluşu. Başka bir kadına heyecan duyuyor. Aklını başka bir kadın almış. Ruhunu ona teslim etmiş. Şimdi cevabını aradığın soru şu: "Onun tekrar bana dönmesini, bir daha benden gitmemesini, sadece beni sevmesini nasıl sağlayabilirim?" Ama asıl cevabını bulman gereken soru şu: "Tüm bu yaşanmışlıklardan sonra, onun neden hâlâ ısrarla hayatımda olmasını istiyorum?" Tam da bu ikinci sebepten dolayı; **onu, sana dönmeye zorlayamazsın! Böyle birisini değiştiremezsin de. Harcadığın zamana yazık.**

Bu geri zekâlı, "Ben ne yaptıysam, o hep bir şekilde affetti, koskocaman sevdi. Kim bilir, diğerlerine değer versem acaba beni ne denli severler? Öyle ya, buna değer vermiyor olmama rağmen beni bunca zaman sevdi, vazgeçmedi. Demek ki ben daha iyilerini kolayca elde edebilirim." diye düşünecek.

Demem o ki; **el altındaki kadın olmayı kabullendiğinde adi birinin oyuncağı olmayı da kabullenmiş oluyorsun!** O yüzden kendine hiçbir zaman "Bu beni nasıl olsa kabul eder." muamelesi yapılmasına müsaade etme. Adamın çayına kendi ellerinle cesaret hapı atma.

Şüphesiz ki bu hayattaki en acı farkındalık noktası; ölümüne sevdiğin, ısrarla güvenmek istediğin, düzelmesi için çaba sarf ettiğin, sabırla beklediğin kişi tarafından aldatılmak ve harcanmak. Yani resmen mal yerine konmak! Oysa sen onu sevmiştin. Hem de bir daha hiç kimsenin sevemeyeceği kadar... Adam, senden öğrendiklerini başkasına uyguluyor. Elin kızı sefasını çekiyor. Sen de kendini mahvetmekle kalakalıyorsun. Şaka gibi! Sevmeyin ulan sevmeyin! Kıymetinizi bilmeyeni, size değer vermeyeni, sizi kaybetmekten korkmayanı, sizi rahatlıkla kırabilen kimseleri **sev-me-yin**! Bir gün, hayatınızda olmasını en çok istediğiniz insanın aslında sizi en az hak eden insan olduğunu anlamanız dileklerimle.

Bir dünya düşünün, birilerinin vefat etmediği sürece hayatımızda kaldığı, büsbüyük hataların yapılmadığı yol ayrımlarının var olmadığı biri birini bir kere sevdiyse ebediyen sevecek olanların var mı ötesi?

To Be or Not To Be (Olmak ya da Olmamak)

Yaptığı hatayı düzeltmeye kalkışmayana adam denmez. Hatasını telafi ettirebilmek için varını yoğunu ortaya koyacak biri olsun hayatında. Kılını dahi kıpırdatmayan değil. Çünkü aşk, pişmanlığını kalıcı hissettirebilmeyi gerektirir. Birkaç özür mesajı çekip, olumlu cevap alamadığında pes etmeyi değil. Başkasında teselli aramayı hiç değil. Bir bilsen paşası, bu hayatta senden önce bu insanların neleri kaybettiklerini, inan senin adın dahi geçmezdi. Ama mesele kendini affettirmek değil, mesele edebine yakışanı yapmak. "Zamanın unutturamayacağı acı, ölümün bitiremeyeceği anı yoktur." Mesele iyi anılmak. Olmak ya da olmamak. Önemli olan, ilerde kendi vicdanının rahat olması. O seni affetmiş mi affetmemiş mi inan ki teferruat oluyor.

Kadın şüpheye düşürmeyen ADAM ister. Kadın bir tek emin olduğu yerde huzur bulur.

"Kadınlar Ağır Bir Romana Benzer, Anlamadan Okursan Sonunu Başkasına Sorarsın."

Kadının için savaşmaktan asla vazgeçme arkadaşım. Kadınların takdir ettiği asıl mücadele türü onu elde edene kadar sarf ettiğin çaba değildir. Ona sahip olduktan sonra onu kaybetmemek, mutlu edebilmek adına sarf ettiğin çabadır!

Kendine adam kelimesini nasıl yakıştırabiliyorsun? Her kıza, "Tanışalım mı?" yazdığında, her kıza "Bebeğim" dediğinde, buluşma teklifi ettiğinde, "WhatsApp var mı?" diye sorduğunda…

Ne zaman adam olursun biliyor musun?

Onlarca erkeği eleyip sana gelen kadını her gün yeniden mutlu edebilmek adına tüm zamanını bu doğrultuda harcadığında. Diğer kadınları görmezlikten gelmeyi başardığında. Unutma güzel arkadaşım, kulağa ne kadar hoş gelirse gelsin hiçbir kadın sadece güzel kelimeler duymakla yetinmez. Kadınların hepsi dünyadaki tek kadın oymuş gibi sevilmek ister. O yüzden kadınınıza ilgi gösterin, zamanınızı boş işlere harcayacağınıza ona ayırın. Ayşe'nin, Merve'nin, Fatma'nın peşinde koşturmayı bırakın ya! Şunu da unutmayın; hiçbir kadın her kadını elde edebileceğini sanan erkekten hoşlanmaz. Tam tersine ondan tamamen tiksinir.

Kadın bir affeder, iki affeder, üç affeder. Aynı hatayı o yapmış olsaydı sizin onu asla affetmeyeceğinizi bal gibi bilmesine rağmen affeder! Biraz kendinize gelin! Ya bakın birçok kadını elde etmek inanın ki marifet değil, siz bunu yaparken size kendini adamış kadının nasıl hissettiğini hiç düşünüyor musunuz? Söyleyeyim. Sanki yüzlerce kilo yük koymuşlarcasına kalbi sızlıyor, nefes almakta zorlanıyor. Bir düşünün; ya bir gün kızınız valizini alıp kapınıza dayanırsa aynı acıyı başka bir erkek ona yaşattı diye. Sonra da kadın gibi trip atmayı bırakın. Önce o yazsın, önce o arasın, önce o özür dilesin... Birader erkek sensin. Erkeklik rolünü bari ona yükleme canını yiyim. Seni seven kadın senden ona gül almanı, çanta , ayakkabı almanı beklemez paşam. O senin en değerli şeyini ister: Zamanını ve kalbini. Bir gün yalnız yatağa yatıp: "Bir şey diyor musun tavan? Demiyorsan ben yatıyorum, iyi geceler." dediğinde beni anlarsın ama iş işten geçer.

Senin açtığın yaraları bir başkası kapatmaya çalışır. Senin ayırmak istemediğin zamanı bir başkası ona hediye eder. Senin ağlattığın gözleri bir başkası tekrardan güldürür. Sonra ne olur biliyor musun? O paramparçayken umursamadığın kadını bir başkası senden güzel sevdiğinde kafayı yersin kafayı! Soruyorum sadece, bu mu istediğin? Bak, beni iyi dinle; bir kadın artık ufaktan kızmıyorsa, hafiften trip atmıyorsa, seni kıskanmıyorsa, emin ol artık seni çoktan içinde öldürmüştür. O yüzden her kadında biraz olsun delilik vardır. İyi ki de var. Arada seni bunaltsa da kadının tabiatındaki o deliliktir ilişkini ayakta tutan, bunu sakın unutma. Kadınını ufak delilikleri ile sevmeyi öğren. Göreceksin seni kahramanı ilan edecek, akşamları eve gelmeni dört gözle bekleyecektir. Onun yüzündeki masum gülümseyişini elinden alma. Bak, biz erkekler fiziksel anlamda onlardan çok daha güçlüyüzdür ama unutma arkadaşım: "Erkek olmak cinsiyet meselesi; adam olmak ise şahsiyet meselesidir."

Bir kadına verebileceğiniz en güzel hediye, ona siz tarafından sevildiğine dair en ufak bir kuşku uyandırmamaktır.

"Keşke sarılmasaydım." dediğim hiç kimse olmadı benim. "Keşke bana sarılmasına izin vermeseydim." dediklerim oldu.

Sahtelik ve Bencillik

O seni değil, yalnız kaldığında sana gelebilmeyi seviyor. Aldanma seni gülümsetmeyi başardığı günlere. Çünkü kalpten değildi, hepsi hesaplanmıştı.

Seni hiçbir zaman da sevmeyecek! Senin için hiç var olmayacak, kendini ateşe atmayacak. Belki bazen yükselen egosunu tatmin etmek için buluşmak isteyecek. Onun istediği sen değilsin, onun istediği seni kontrol edebilmek. Seni sahiplenmeyecek, sürekli yönlendirmek isteyecek. Onun istediği sen değilsin, senin masumiyetinden faydalanmak. Seni her istediğinde alabileceğini sana kanıtlamak. Mesela kendini iyi hissettiğinde arıyor mu seni hiç? Aramaz. Çünkü o an her şey yolunda, umurunda değilsin. Kavgalı süreçlerinizde uğraşıyor mu düzeltmek için? Varını yoğunu ortaya koyuyor mu? Yoksa tek elinden gelen şey, koyduğu engeli kaldırıp senin yazmanı mı beklemek?

Yüksek ego ve kibir; ezik ve kompleksli insanların kendi acizliklerini gizleme yöntemidir.

Size Sıradan Biriymiş Gibi Davranan Hiç Kimseyi Sevmeyin

"Ne olur inan bana!" deyip bir şans daha isteyecek. Onun istediği sen değilsin, kurduğun düzeni bozmak. Onsuz da gayet iyi yapabilmen delirtiyor onu. Kendi mutsuzken seni mutlu görmeyi hazmedemiyor. Sen, onun için sadece bir oyuncaksın. Bir şeyleri başardın diye seninle gurur duymuyor. Oysa gayet iyi biliyor senin için hiç de kolay olmadığını. Ayakta kalmayı başaramayıp kendini mahvetmeseydin, seni ittiği çukurdan çıkarmak aklından dahi geçmezdi. Sana ilerdeki eşi gözüyle bakmıyor, ailesi ol istemiyor. Bir geleceğiniz yok. Kararsızlıkları ile yarışamazsın. Gel git akıllı, şizofren biriyle nereye kadar? Sadece isteyen ama gerçekleşmesi için uğraşmayan, rahatını bozmayan, kılını kıpırdatmayan biriyle olma. Kendine dahi ne güveni ne de saygısı kalmamış biri sana ne verebilir ki, hayatını yerle bir etmek dışında?

Bir kız size şarkı dinletiyorsa mutlaka size anlatmak istediği bir şeyler vardır.

Sen, Onun Sadece Yedek Planısın.

Onun yaptığı tek şey arada bir ağzına bal sürmek. Ondan tamamen kopma, başkasına gitme diye. İhtimali yaşatmaya yeterli olduğundan yapıyor bunu. Hiçbir zaman senin için gereğinden fazlasını yapmayacak. Ancak zaman ilerledikçe bunun farkına varacaksın. Sen, bu aşamaya varana kadar da bu oyun böyle sürecek. Neden bazen engel koyup kaldırıyor diye kendine bir sor. Neden kısa bir şey yazıp önüne yem diye atıp kaçıyor? Çünkü yapını biliyor. Bu tür oyunlara gelmeyin. Sen, onun zamanını daha iyi değerlendirebileceği anlarda umurunda olmazsın. Emin ol ki aklına dahi gelmiyorsun. Kendisine, henüz ayarlayamadığı biri yazdığı zaman sana değil, ona önem verip ilgi gösterecek. Çünkü sen zaten ceptesin, yani onun yedek planısın.

Seni, hayatının kıyısında köşesinde tutanı, hayatının merkezine yerleştirme derim. Bir pisliğe mücevher değeri biçip olmayan bir aşk yaratıp kendini paralama. O, seni belki bir gün isteyecek; başka hiçbir seçeneği kalmadığında... Ama bilinen yedi gün var: pazartesi, salı, çarşamba... "Belki bir gün" diye takvimde gün yok. Biraz baskı kur üzerinde. Bakalım ne yapacak? Seni hemen susturup haddini bildirecek. Oysa sen sadece hakkın olanı istemişsin. Beklentileri yükseltip isteklerini söylediğinde uğraşmak, düzeltmek yerine defolup gidecek. Hem de acı çek diye suçu sana yükleyip gidecek. Çünkü sen onun sadece yedek planısın.

Seni gram hak etmeyen bir insana âşık olmak kadar zor bir şey yok bu hayatta. Vazgeçersen üzülürsün ama seversen daha çok üzülürsün.

Değiştim

O kız seni artık neden istemiyor biliyor musun paşası? Çünkü sen tüm uyarılara rağmen kendini düzeltmeye hiç gerek duymadın. Sırf o, seni hak ettiğinden çok daha fazla sevdi ve sende ısrar etti diye kendini vazgeçilmez gördün. Onu ise çantada keklik olarak gördün. Onun yerine tercih ettiklerinin de seni bu denli seveceklerini düşündün. Kusura bakma ama öyle bir dünya yok! Kimse senin çocuksu davranışların ile uğraşamaz. Kimsecikleri, yalanlar üzerine kurulmuş dünyanda kalıcı barındıramazsın. Ha diyeceksin ki: "Ama onda kalıcı şekilde başarmıştım." Bu senin başarın değildi. Uğraşın, emeğin, gayen, çabanla uzaktan yakından alakası dahi olmayan şeylerdi, onun sende kalmasını sağlayan şeyler.

Birini elde etmek için gösterdiğin uğraş neyse, onu elinde tutabilmek için göstermen gereken uğraş daha da fazla olmalı. Sen, tam olarak nerede kaybettin, sahi bunu biliyor musun Paşası? Ona, kendini önce özel hissettirip iki hafta sonra hiçbir şey yokmuş gibi davranmakla onu, kendine âşık ettirdiğin davranışları terk etmekle, sen ona sadık kalamadın!

Küsmek ile dibine kadar kırılmak apayrı şeyler. Ben ise senden dibine kadar soğudum artık, anlıyor musun? Bu aşamanın sonrası, ötesi yok. İmkânsız. Burası, sözün bittiği yer.

Senin, bana yaptıklarının kat be katını sana yapabilecek güçteydim inan bana. Ama yapmadım. Çünkü normal insanlarda kıyamamak ve vicdan benzeri duygular var. Şunu şimdilerde hayat bana artık öğretti ki; halledemezdik, dolayısıyla üstesinden de gelemezdik. Çünkü senin o kadar büyük bir yüreğin yok. Şimdiki aklım olsaydı seni ta o zamanlar salıverirdim. Ama o zaman da salıverseydim şimdiki aklım olmazdı.

Ve sonunda kadın, umudunu yitirdi. Çünkü senin hiçbir zaman değişmeyeceğini anladı. O yüzden de seni artık hayatında istemiyor.

Eğer Böyle Devam Edersen Çoktan Gitmesi Gerektiği Hâlde Sende Kalmayı Tercih Eden Kadını Tamamen Kaybedersin!

Onun ismi ekranda görüldüğünde meşgule atacaksın. Uzun uzun yazdığı mesajları tek bir kelime ile yanıtlayacaksın. O, saatlerce yazmanı bekleyecek. Ama sen başkasına çevrimiçi olacaksın ve tüm bunlara rağmen şimdiye kadar oynadığın diğer kızlar gibi seni terk edip gitmeyecek, onu değersiz kılmana rağmen. Onun ağzından: "Allah belanı versin, pislik, sen de adam mısın?" ve benzeri kelimeler duymayacaksın. Yanından ayrılmayacak, düzelmeni bekleyecek. Onun sana sahip çıktığı gibi senin de bir gün ona sahip çıkacağını hep umut edecek. Arkadaşları, senin aslında nasıl bir pislik olduğunu gözüne sokmaya çalıştıklarında o hep seni savunacak. Bahaneler üretecek. Tüm bu suçlamaları sana konduramayacak. "İşi gücü var, yazık o da yoruluyor." diyecek. Kalmakla en doğru kararı aldığına inanacak. Belki, "Uf oldum ama zamanla geçecek." diye düşünecek. Sonunda değeceğine inanacak. Senin dengesizliklerinin altında kötü değil, iyi manalar arayacak. Ona, onu özlediğini söylediğinde mutlu olmakla yetinecek. Hiç demeyecek: "Peki neden beni görebilmek için hiç uğraşmadı, kılını dahi kıpırdatmadı?" diye. Senin, ona "Seni seviyorum." demenle yetinecek. Bir gün olsun aklının ucundan geçirmeyecek "Madem seviyor neden hissettirmiyor? Beni özel kılmıyor, hak ettiğim değeri neden vermiyor?" diye. Bumerangın gibi. Atıyorsun geri geliyor.

Onu kaybetmekten korkmayacaksın. Hatta şansını başka kızlarda deneyeceksin. Asla yetinmeyeceksin. Hep yeni birileriyle tanışmak isteyeceksin. Arayışın hiç bitmeyecek. Kalp ve maymuncuk emojileri atabileceğin birilerini hep bulacaksın.

"Gezdim, gördüm, hevesimi aldım ve senden iyisini bulamadım." nidaları ile döneceğin gün de gelecek paşası! Malum, kimsecikler senin gibi birini umduğun şekilde deli gibi sevmeyecek. O, seni kazanmak yerine hayatını kazanmayı tercih etmiş olacak. Ee sabır bile yoruluyor. Ona, en çok istediklerini zamanında verecektin: **Güven, değer, hak, ilgi, edep, ahlak, uğraş, saygı.**

Sevdiğim, gözümdeki değerini gitgide düşürüyorsun. Çok üzülüyorum. Ben seni sevmiştim, sen ne yaptın? Neden kendini yok ettin?

Bir Şeylerin Düzelmesini İstiyorsan Ona Yazmayı Derhal Bırakmalısın.

Biliyorum, için içini yiyor. Onu seviyor, özlüyorsun. Hatta muhtemelen o suçlu. Daha da ileri gidiyorum. Şimdiye dek tüm yaşanmışlıkları değerlendirdiğinde onun, seni hak etmediği farkındalığına bile varıyorsun. Buna rağmen ondan kopamıyor, vazgeçemiyorsun. Çünkü küs kalamayışının asıl sebebi onun vazgeçilmez yanlarının var olması ile alakalı bir durum değil aslında. Daha çok, senin o şansı şimdiye kadar sarf ettiğin emeğe saymanla alakalı. Yoksa sen de çıkmaz sokağa saptığını bal gibi biliyorsun. Ama o kadar ilerlemişsin ki... İçinden ilerlemek gelmediği gibi aklından geriye dönmek de geçmiyor. O kadar yorulmuşsun ki... Utanmasan resmen çömelip oturacaksın, o derece yani. Ama gel gör ki durum tam da bu olunca beyefendimiz kendisinin tamamen vazgeçilmez olduğunu düşünüyor. Sonra ne mi oluyor? Yaptığı tüm yanlışlara rağmen devamlı sevildiğini bilen beyefendinin –ki sen bunu durmadan ona yazarak, ağlayarak, merak ederek, hatta yalvararak hissettiriyorsun– affedersiniz ama poposu göklere uçuyor, kendini iyice bir şey sanıp trip atmaya başlıyor.

Allah aşkına, hangi kadın hoşlanır ki kötü muamele görmekten? Ama sen, ona hak etmeği değeri vermeye devam ettikçe, karşılık görmemene rağmen peşi sıra koşmaya devam ettiğin sürece onun sana adım atmasını sağlayamayacaksın. Tam tersi kendinden çok daha uzaklaştıracaksın! Sevmek, edeple alakalıdır. Nasıl tıp senelerdir kıskanılmayı seven ama kıskanç bir erkeği hayatında istemeyen kadınlara çare arıyorsa; bilin isterim ki aynı tıp, çok sevilmeyi seven erkeklerin yaptıkları her hatalarını affeden kadınlara asla âşık olamayışlarına da çare aramakta.

Çünkü o aşamada kadın, kendisine olan saygısını yitiriyor. Kendine dahi saygısı kalmayan birisini kim ciddiye alır ki?

Ya bir kere de, tek bir kere ya! "Tamam, yeteri kadar uğraşıp didindim, üzüldüm. Kadın olmama rağmen elimden gelen insani her çabayı sarf ettim. Ama olmadı." demesini bilin. Böyleyse böyledir noktanız olsun. Ama yok! Küçük hanım hiç hızını alamıyor, mevzuyu komple kapatamıyor. Hani bilsem ki böyle davranarak gerçekten bir şeyleri düzelteceksin... İnan, pes etme ve devam et derdim.

Birazcık umut gördüğünde sana yaşattıklarını anında unutuyorsun, kararlılığını bozuyorsun. Nerede o "Bir daha yazarsam..." diye ettiğin yeminler? Onun, asıl amacı seninle barışmak değil ki. Sadece önüne yem atıyor, nabzını yokluyor. Bir süre onsuz da yapabildiğini kanıtladığında, sana: "Sen, bensiz yapamazsın." demek istiyor. Hepsi bu! Böyle basit oyunlara gelme. Ne kadar aptalca bir şey; engeli kaldırırlar ama yazmazlar. Senin yazmanı beklerler.

Hatta çoğu zaman bunu yapmasına dahi gerek kalmıyor. Prenses bünyen, hani kahrolsun, sevince çok seviyor ya! Zaten bir bahane bulup kendiliğinden yazmayacak mısın? Sende serserilik var ya. Sadece başkasına gitmesin, başkasına alışmasın korkusu sarmış bir kere beynindeki hücreleri. Korkma, emin ol böyle biriyle elin kızı zaten baş edemez. Bekle ve gör. Uzun sürmez, bunu anlar ve dönmek ister. Yeter ki sen değerini bilmeyeni yokluğunla terbiye et.

Sen, birilerinin oyuncağı mısın ya? Bu kadar düştün mü? Kusura bakma ama sen oyuncak olmayı kabullenirsen, o da canı sıkıldığında ve hevesi kaçtığında bir kenara atar seni. Bir kızın, "Benden bu kadar!" noktasını olmalı. Sen elinden geleni gani gani yapmışsın. Kafan şu an mis olmalı, vicdanın rahat olmalı. Ve hâlâ "Ama değil." diyorsun ya! Ya bir de şöyle bir şey var: Sen adama resmen sevmeyi öğretiyorsun. Hem de en kralını. O ne yapıyor? Senden öğrendiklerini kapıp kendini gram hak etmeyen birinde uyguluyor. İnan ki tam da böyle yapıyor. O sünepe de sefasını çekiyor. Oh! Ne güzel. Gel keyfim gel. Bırakın bu olsun. Yine de ona bir gün sorulursa: "Seni en çok kim sevdi?" diye, benim adım harici başka isim söyleyemeyecek. Sana bir şey diyeyim mi? Ezilen sen olduktan sonra haklı çıksan ne yazar ki?

Hayat bana bir şey öğrettiyse o da şu: Bazen, her şeyden güzel olması için direndiğin şeylerin olmaması o kadar güzel sonuçlar çıkarıyor ki "Vay be! İyi ki Rabb'im zamanında ettiğim duaları kabul kılmamış." diyorsun. Ben, bunu bire bir yaşadım biliyor musunuz? Günlerce, gecelerce dertlerini dinlediğin insanların seni bir anda hiçe sayması ile kim nereye kadar uğraşabilir ki? Yaptığın her iyiliğin, her uğraşın değersiz kalışıyla kim uğraşır? Bu hayatta başa çıkılamayacak bir şey varsa o da nankörlüktür! İnanın başa çıkılamayacaklar listesinde ilk beşe girer, hatta ilk üçü bile zorlar. Sahiplenmiyorsa, uğraşlarını görmüyorsa uzaklaşmalısın. Pişman olup hatasını anlamayan affedilmez, silinir o. Sizin, bin bir kere yalvarmanıza gelecek olan kişi emin olun ki bin beterini yapıp yine gidecek. Sana bırakacağı tek şey: "Bundan sonra kimseye güvenemem!" cümlesini kurmaya mecbur edilişin olacak. Gel de yaşa şimdi bu ağırlıkla?

Haa sakın bencillik iliklerine kadar işlemiş olan kişilerden anlayışlı olmaları gibi bir beklentiye girme. Sürekli suçu sende arayan, yetinmeyi bilmeyen, seni düzeltmek yerine yıpratmayı tercih eden insanlara itibar etme! Senin kahroluşlarından zevk alan birisine, mahvoluşlarına göz yuman birisine hâlâ yalvarmanda sence de ters bir durum yok mu?

Elde etti diye kendiyle gurur duyan erkeklerin hakları helal edilmez. Sen hâlâ "Kahrolsun! Sevdim işte." deyip hak etsen dahi; Allah, yüreği zeval almış, şeref yoksunlarını affedilmeye layık görmez. Toprağın altında geçireceğimiz zaman, üstünde geçireceğimiz zamandan çok daha fazla. Ben, gerçekten seven birinin ahını almaktan korkardım. Sen de bilmelisin ki sen affetsen de affetmesen de Allah, hak etmeyen birine akıttığın gözyaşlarının intikamını alır.

Kendine olan saygını yitirmene sebep olacak hiçbir şey yapma.

Yanlış anlama lütfen! Bunu, kendini senden çok daha üstün gördüğü için istemez. Daha çok, kafasındaki soruların son bulması için ister. Rahatça nefes alabilmek için ister. Kadın, şüpheye düşürmeyen adam ister. Kadın, bir tek emin olduğu yerde huzur bulur. Adam; her şeyden önce mücadele edecek. Kaçmadan, uzaklaşmadan, korkusuz sevecek.

Sen Bu Dünyaya Güçlü Kadını Oynamak İçin Gelmedin Ki

Gönül isterdi ki naif hayaller kuran, şahsi *The Perfect Cinderella Story*'sini bekleyen masum prenses kalabilesin.

Ciğeri beş para etmeyenler değil miydi bu tertemiz hayalleri yıkan? Seni kimselere güvenemeyeceğin raddelere sürükleyen? Sonra da suçlu olmasına rağmen canla başla kendini haklı çıkarmak için uğraşan, "Senin kalbin kirlenmiş." deyip defolup giden, trip atan?

"Benimsin!" diyerek sahiplenen biri olmalı. Ufacık şeyler sonrası defolup giden biri değil. Bir şeyler sadece senin uğraşmanla olacaksa varsın olmasın. Çünkü bu şekilde olsa dahi ilerde hayrını gö-re-mez-sin!

Böyle bir kayıp var mı ya? Allah aşkına! Niye kaybettin? Çok değer vermekten, kızamamaktan, üzememekten ve bonus olarak da her şeyi alttan almaktan mı? Sen, onu bu denli sevdin diye bunları hak ettiysen onun kalbine tüküreyim!

Hayatının en güzel dönemlerini onu düşünüp seni gerçekten hak edecek kişilere şans tanımayarak ziyan etme. Koy elini vicdanına. Seni hak eden oysa eyvallah! Ama eminim hiç yoktu yanında. Ona o kadar ihtiyacın olmasına rağmen. Onu düşünmemeye çalışırken çıldırdığın geceleri unutma. Mahvoluşunu hele hiç unutma! Kaç kere kendini, eli bitik okeye dönen biri gibi hissettiğini bir tek sen bilirsin. Ama o hiç yoktu tamam mı? Ve sen buna alıştın. En çok korktuğun şeye, onsuzluğa alıştın sen. Bir yolunu buldun. Hiç gücün yokken adeta bir yerlerden güç alıp alıştın. İşte senin hikâyen tam da burada başlıyor: "Güçlü Kadın."

Senin masalının sonu: "Giden dönmedi, kalan unutmadı." olmamalı. Senin masalını sonu "'Ama'larla beni kaybettin, 'keşke'lerle kendini mahvedeceksin." olmalı, bunu hak ediyor. Duygularınla hareket etmek, yanlış olanı tercih etmenin ta kendisidir. Varacaksın be prenses! Yıldız ablanın "Vazgeçtim." dedikten sonra "Kahretsin yapamıyorum..." dediği kısma da varacaksın. Hatta belki de onu, sana tüm bu yaptıklarına rağmen affedeceğin raddeye getirecek hayat seni. Ama sanma ki onu yine affettin diye aynı şeyleri yaşattığında kendini affedebilesin.

İnsan kaybederse çok değer vermekten, kızamamaktan, üzememekten ve her şeyi alttan almaktan kaybeder.

Bu Da Benim Yenik Zaferim

Ben, sana çıkan yolu gözü kapalı bile bulurum. Öyle ki ezberimde sol şerit. Hatta o yolun asfaltını, benim sana son sürat gelebilmem için döktüklerine inandığım zamanlar bile oldu. Hayat, biz insanların önüne farklı yollar çıkartıyor. Ben hiçbir zaman "Başka bir yolu seçseydim, acaba ne olurdu?" düşüncesine kendimi kaptırmadığım gibi diğer bir yola test sürüşüne bile çıkmaktan bile her daim sakındım. Ben, kendimi yarış pistinde heyecan olsun diye gaza basan hız manyağı biri olarak görmedim zaten. Çünkü ucunda senin olmadığın bir yolda bana yer yok! Ben, beni sana kavuşturamayacağını bildiğim bir yolda zaman kaybı yaşamak istemiyorum. Ben senden uzaklaşmak istemiyorum. Benim yerim senin yanın. Sana gelirken o yollara çok kızdım, öfkelendim. Bizi böyle ayırıyor diye söylendim. Oysa yolun ne suçu var? Araya mesafeleri koyan sendin! Bana biraz farklı davransaydın mutlaka sen de beni sevecektin. En çok bundandı ağlamam. Gözlerimden zehir akıyordu. Senden miras bu zehir. Yürek acısı hiçbir şeye benzemez ve sen söz konusu yüreği parçalamak olduğu zaman bunu hiç es geçmedin. Sevilmek en çok sana yakışıyordu. Mutluluğu da bence herkesten çok sen hak ediyorsun. Durum bu olunca, benim gözümde yani, sen bu dünyadan alacaklıydın. Ve ben kendimce, her sana doğru yola çıkışım hediye bekleyen çocuğun doğum gününde hediye alması gibiydi. Sanma ki bilmiyordum, senin gözünde gram değeri olmayan bir hiç olduğumu. O yüzden senden bu aşkın hesabını sorma hakkına sahip değilim. Sonuçta kendi içinde, kendi kendine bir sen yaratan benim! Seninle hiç ilgisi olmayan bir sen. Sonra tuttum ona âşık oldum. Sanki ben bilmiyordum geriye kalan bir şey için insanın ne kadar çok çabalarsa kendinden o kadar çok uzaklaştıracağını. Ama diyorum ya kafa yapımın tarifi mümkün değildi. Allah, beni senin karşına bir adamın bir kadını nereye kadar seveceğini göstermem için çıkarmıştı. Neye inanıyorum biliyor musun? Allah, iki kişinin kaderini bir yazdıysa içlerinden birine vazgeçmemesi ve diğeri için uğraşması için gerekli gücü verir. O yüzden sanma ki ben sevgi vermeyi bilmeyen, sevgi vermeyi başka bir şey sanan biriyim. Her şey anlattığım gibi ne fazla ne eksik. Arada sırada üzdüysem seni, beni affet tamam mı? Çıkar beni bu soktuğun çıkmazdan demiyorum. Sadece beni affet istiyorum. O yolu bugün de geldiğim için affetmeni istiyorum! Eğer sana kavuşmayı beceremediysem, becermek istemediğimden değildi. Benim başlıca amacım sana kavuşmak değildi zaten, seni sevmekti!

Canım Kendim;

Sana böyle bir harita çizip, çıkmaz sokağa bile bile girip, sonrasında inadına ilerlemeye çabaladığım için senden özür dilerim.

Sevdiğini Hissettir!

Sen hâlâ olayın ciddiyetinde değilsin paşası. Kızlar, bazen çok kırıldıklarında "Arama beni!" derler. Ama asıl demek istedikleri: "Ya ne olursun, canını yediğim bir kere ya, tek bir kerecik benim için uğraş, çaba sarf et, sevdiğini hissettir." Ama nerde sende bunu anlayacak zihniyet? Ama başka şeyleri gayet iyi alıyor kafan. Yazık, yazık sana. Çok yazık.

Sadece sana harcadığı onca emeğe, uğraşa kıyamadığından direndi. El âlem ne der diye bir müddet takıntı ettiğinden didindi. Şimdilerde ise senin nasıl bir yaratık olduğunu önceden sezen herkese koca bir utanç borcu var. Ama artık el âlem ne derlerin canı cehenneme. Vazgeçmek zorunda kalmak ayrı, yorulmak ayrı.

Demem o ki Paşası, kıskandırmak bir müddet seni idare edebilir. Kendini mutlu hissetmeni sağlar. Oysa aşkın altın kuralı: Seni mutlu edeni mutlu edebilmektir. Seni sırf sen olduğun için seven kadını, dünyadaki tek kadın oymuş gibi sev ve bunu ona hissettir. Hepsi bu. Tüm mevzu hissettirebilmende.

Beni arama dedim ama aramanı istedim.
Seni sevmiyorum diye yalan söyledim.
Seni, söyle nasıl sevemem? Sen benim canımsın.
Senin için ben her gün, her gün ağladım.

Allah sadece iyilikten anlamayan insanlarla karşılaştırmasın. Bak sadece diyorum, ötekilerle başka türlü başa çıkılıyor. Ama iyilikten anlamayan birinden geriye kalan yara çok zor kapanıyor.

Bir Ümit Bir İhtimal

Göknur üzüntüsünü gizlemekte usta olmuş birisiydi. Zaten benimde onun yıkılışını görmeyi beklediğim söylenemezdi. Hatta bir gün, ilahi adalet "O seni paramparça etmişti. Buyur sıra sende!" dercesine kendisini karşıma dikmiş olsaydı, korkarım ben o gün bile ona kıyamazdım. Ruh hali bu. Bozulur da düzelir de! Yeter ki Allah insanın imanına, vicdanına zeval vermesin. Zaten hiçbir zaman seni kıran birine aynı şeyi uygulayarak kendini tamir edemezsin. Taş çatlasa anlık egonu tatmin edersin ki o da bedelini ilerde büyük ödemeyi göze alarak. Demem o ki; cesaret ne kükremekte saklıdır ne de bir yerlere saldırıp sevdiğin kişiye zarar vermekte. Cesaret tamamen gün biterken usulca "Bugün iyi niyetimi yitirmeden beceremedim. Allah izin verirse yarın tekrar deneyeceğim" diyebilmekte gizlidir. Bazen, hayat şartları lehinize gitmeyebilir. Bunu şimdi size nasıl tarif edeyim? Bakın, yeryüzünde ne kadar çiçek var ise insanlar bir olup hepsini koparabilirler ama bu baharın gelişini engellemeye yeterli olmaz.

Yani ümitleriniz yerle bir olmuş olabilir, hatta üzüntüden kahrolmamak için kırmızı kabloyu mu kesiyorduk diye kendinize birtakım sorular sormaya başlamış bile olabilirsiniz. Güzel sevmenin hakkını ancak görmeden, dokunmadan sevdiğini yüreğinde taşıyabiliyorsan ve bunu yılmadan, yorulmadan ve usanmadan gerçekleştirebiliyorsan verebilirsin. Ben ki "Bu aşktan sana hayır yok!" diyen her kim varsa ona inatla seni beklemiş biriyim. Sanki herkes hemfikirdi ve ben olmayacak şeye fena meyilliydim. Ve bir gün onlara "Sizler haklıymışsınız. Ne oldu biliyor musunuz? Hak etmeyen iki yabancı insan kazandı bizim yerimize. Biz ise kader değilmiş demekle yetinmek zorunda kaldık." diyeceğim. Bu kesin! Oysa kimse kimsenin içini bilemez. Ben mesela bir dönem sonra içimi sadece Allah'a dökmeye başladım. İçimi döktükçe sen çıkıyordun. Sana sitem ettiğimi sanma sakın; ET-Mİ-YO-RUM. Ne zaman uyumadan önce dua etsem, başrolde hep sen vardın. Sen bana gelmedikçe ben bir türlü iyiye gidemiyordum. Gidecek olan kafasına yerleştirmişse gitmeyi elinin altında olsa bile hasret kalırsın. Kavuşacak olan yüreğinin en derinine gömmüşse sevdasını, ne kadar da birbirlerine koşmak istemelerine rağmen yürüyemeseler de ve bundan dolayı diğer taraf iyiye gitmese de yürek hakkı bu randevusu mahşere kalsa bile nasıl olsa tıpış tıpış birbirlerine gelmelerini sağlayacaktır Yaradan. Beklediği süreci zaman kaybı sayıp yüreğinde başkasını taşımasına rağmen farklı biri ile deneyip aynı hisleri yaşayacağını zannedenler, vay sizin umutlarınızdan öpeyim. Huzur, sakinlik ve benzeri değerlere muhtaç kalan zavallılardan olmak istemiyorsanız ısrarlı bir şekilde ille da şansını zorlayan kimselerden olmamaya özen gösterin. Kendini ne pahasına olursa olsun, henüz kalbinden tamamen silemediği büyük aşkı, bir başkasına hayatında yer vererek unutma yoluna koyuveren kimselerin yolu asla mutluluktan geçmez. Bir de şu var; kimi zaman Allah bazı planları yıkar, bunu sadece kurduğun planlar ilerde seni yıkmasın diye yapar. Kimi zaman ne eksik ne de fazla, aynen böyle olur. Onu görmeden bile bu kadar seviyor gönlüm, görünce kim bilir nasıl dayanır diye düşünürken bir de bakmışsın onun, seni kandırdığı değil de kendinin ona her şeye rağmen nasıl olur da inanmayı seçtiğin gerçeği ile yüz yüze bulursun kendini.

Unutmayın gerçek aşk aslında bir tarafın sana dert olurken, aynı anda bir başkasına derman olmaya başladığı süreç harici asla senden gitmez.

Senin için dua etmiş insanları kaybetme!

Bana inanıyor musun? Sadece dönüp geçmişine bakındığında; sonrasında iyi ki olmamış dediğin, hatta olmadığı için Allah'ım iyi ki o dönemlerde ettiğim duaları kabul kılmamışsın diye şükrettiğin yaşanmışlıklara rastlayacaksındır. Hem de o zamanlar gerçekleşmesini ölürcesine istediğin dualar. Senelerini bir hiç uğruna harcadığını fark ettikten sonra ilerde tek bir haftanı bile herhangi birine harcamak istemiyorsun. Korkakça dualar etmiyorsun. Ne olur bir daha göreyim onu, "Keşke yazsa." değil de; hakkında hayırlısı neyse istiyorsun.

Bazıları Kalbini Dinler

Bugün günlerden Göknur'du. Onunla bir şekilde tekrardan irtibata geçebilmem için sabırsızlıkla beklediğim Haziran gecesi sonunda gelmişti. Ona en çok sevdiği, en çok istediği şeyi vermeliydim. Sadece onun bir an için olsun mutlu olduğunu hissettirebilmek için hayatının geriye kalan günlerini feda edebilecek bir insan var mıydı? Bu sorunun yanıtı bendim; iyi ki vardım! Hayat bazen, öyle inanıyorum yani, bazı insanları sadece onları şartsız sualsiz ömrümüzün sonuna kadar güzel sevebilmemiz için karşımıza çıkarır. Allah'ın "Hazır ol sıra sende, bak sana kimi yazdım." sorusunun cevabı kuşkusuz sendin; iyi ki vardın. Bugün meleklerin seni dünyaya indirdiği gündü. Bugün günlerden kulluk borcuydu. Seni bana layık gören Rabb'ime –ki öyle olmasaydı yaşanılan onca olumsuzluğa rağmen, ikimizin kaderini bir yazdığını ikimiz de iyice anlayana dek, bizi tekrar kavuşturana kadar birbirimize çıkartmazdı– bir adamın bir kadını en fazla ne kadar sevebileceğini kanıtlama günüydü. İmtihanım buydu.

Konuşarak da anlaşamıyorduk susarak da... Ben yazmayı tercih ettim; o hiç okumadı.

Bazı anılar bazı şarkılara öyle bir depolanmış ki; çal tuşuna bastığında, kendini bir mezara basmış gibi hissediyorsun.

"Çabalamadı" Diyemezsin

En çok yorulanlar "Ya herro ya merro!" ya da "Ya hep ya hiç!" düşünce yapısına sahip olanlardır. Bu tür insanlar varını yoğunu ortaya koyarlar. Onlar için elinden geleni fazlasıyla yapabilmek, kazanmaktan çok daha önemlidir. Bilirler çünkü çabanın her yerde çaba olduğunu. Bana göre elde ettiğin her şey, gösterdiğin uğraş kadar değerlidir. İnsan her şeyden önce istediği şeye layık olmalı. "Hak ettim." diyebilmek kazanmaktan daha önemli. Sen elinden geleni fazlasıyla yap. Olmuyor mu? En azından ilerde "Ben elimden geleni yaptım ama buna rağmen olmadı." deyip önüne bakabilirsin. Vicdanın rahat. Bir şeyleri onarmak için uğraşmış, çaba sarf edip düzelsin istemişsin, direnmişsin. Çabanın pek çok şeyi telafi edeceğine inanıyorum. Ama bazılarının ta doğuştan defoludur yürekleri.

Sana layık olmayan birini sevdiğin için kendini affetmeyi başardığın an tüm savaşın bitiyor. Kazanan sen oluyorsun. Artık için içini yemeyecek. Biliyorsun; sen elinden gelen insani her şeyi yaptın. Ama olmadı, orası ayrı bir olay. Yine de vicdanın rahat. Verdikleri söze ihanet edenleri takmıyorsun. Belki de öyle temiz bir kalbe sahip insansın ki sırf senin yerine Allah'ın onlardan intikamını alacağını bildiğinden, onları olacaklardan korumak isteyişindendi tüm bu direnişin. Onları sınaması; artık senin ona hissettirdiğin sevgiyi bir daha kimsede bulamayışları olacak. O hayatını zorlaştırdıkça sen daha güçlü oldun. Sen güçlendikçe de onu hayatından atman kolaylaştı.

Ve bir gün zamanında gitmelerini hiç istemediğin insanların, senden gitmelerini umursamamaya başlarsın. Bunu, "O" insanların artık umurlarında olmadığını anladığın için yaparsın. Vazgeçmek zorunda bırakılan herkes, istisnasız herkes, bir gün mutlaka vazgeçer.

Boşuna Uğraşmak!

İnsan, ne istediğini bilmeli bu hayattan. İstediğin şeye ulaşırsın ya da ulaşamazsın, çok da önemli değil aslında. Asıl mesele, istediğin şeyin hakkını vermekle alakalı. Ben elimden gelen insani her şeyi yaptım ama olmadı diyebilmekte mesele. Bu huzur verici aşamayı yaşamak o kadar tatlı, o kadar rahatlatıcı ki anlatamam.

O yüzden tekrarlıyorum: Kazanmak pek de önemli değil! Asıl önemli olan; ona bir daha hiç kimsenin onu bu denli sevmeyeceğini kanıtlamak. Onun aklında kalabilmek.

"Acının sonu var ama pişmanlık bakidir." Ve emin olun aldığı karara pişman olan her kızın içinden "Keşke geriye dönebilsem..." dediği dönemlerde aklına gelen biri vardır.

Seni unutmamıştır; çünkü sen ona sevmeyi öğretmişsindir. Sen bir şehir olabilsen belki de kendini Afyon gibi hissederdin. Yani herkesin bir nevi duraklama noktası ama kimsenin ulaşmak istemediği yer gibi. Olsun. Her uğraşın, her çabanın gizli şahidi vicdandır.

Bazıları sizi; kimileri ise sadece nefretinizi hak eder. İnsanın vicdanının rahat etmesi tartışılmaz ki hayattaki en büyük husustur. O yüzden bazen, "Sonuçların canı cehenneme!" diyebilmeli insan. Hem nerede görülmüş büyük bir işin heyecansız başarıldığı? Her kız, bir gün mutlaka kimin kendisi için ne yaptığına, nelerden vazgeçtiğine bakar. O yüzden siz siz olun efendiler, şartlar ne olursa olsun yolu sevdiğinden şaşmayan aslanlar gibi adamlar olun. Araya başkası girmediği sürece pes etmeyin. Sonuna kadar savaşın, uğraşın. Rahatsız etmeden, zarar vermeden. Bazen sessiz bir duadır mücadelen. Onun görmesi, bilmesi pek de önemli değildir. Bazen de ufak bir sürprizdir, hatırlanan özel bir gündür. Yenilgiyi her kabul ediş beraberinde daha büyük yenilgiler getirir. Aklı başında hiçbir kız bir ay kendisi için uğraşıyormuş gibi yapan sonrasında özüne dönen erkeğe inanmaz. İrade çok önemli. O yüzden sevdiğine sahip olmaktan çok, onun seni ömür boyu unutmamasını istiyorsan iradene yenik düşmeyeceksin. Ona, seviyor rolü yapıp aynı anda başka kızlara takip isteği atıp onlarla yazışmayacaksın. "Allah is watching!" Her şeyden önemlisi edebini yitirmeden seveceksin. Amacın kaybetmek ya da kazanmak olmayacak. Senin amacın, olur da başkasına gitse dahi vicdanın ona hep "Yanındakine selam söyle, bedeni senin yanında ama aklı bende." fısıldayışı olmalı. Zaten bunu başarabilirsen, o kız ne başkasına gidebilir ne de seni unutur.

"Ama hiç yoktun biliyor musun? Sana ne kadar ihtiyacım varsa o kadar yoktun!"

Bazen Anlaması Güçtür

Allah karşına bırakman için mi zorluklar çıkartıyor yoksa devam edip etmeyeceğini görmek mi istiyor? Çoğunuzun tam da bu raddede olduğunu biliyorum. Sabır ve inanç böyle durumlarda çok önemli.

Bir şeyler yapmak isteriz; doğru veya yanlış. Beklemek, karşı tarafın ne hissettiğini bilmemek yıpratır. Zamana bırakmak yerine üstüne düşeriz. İşte en kral hataları tam da bu süreçte yaparız. Allah sadece kalbini temiz tutmasını becerebilen, kimsenin kötülüğüne sevinecek kadar acizleşmeyen kullarına, birinin kaderinde olup olmadığını hissettirir.

Allah, sana birini layık gördüyse kovsan da senden gitmez. Eğer görmediyse kendini yıpratsan da yalvarsan da zaten sana gelmez. Birini sadece Allah'tan isteyin çünkü kalpler onun elinde.

Boşuna mı müjdelendi o ayet: "Allah sabredenlerle beraberdir."

Aşk Denenmez; Ya Vardır Ya Yoktur

Elbet bir gün "O gün" gelir ve sana, sadece o kişiye hayatının bundan sonraki kısmı için mutluluklar dileyip sonrasında gitmek düşer. Mutluluklar dilersin çünkü bilirsin ki Allah'ın adaleti şaşmaz. Gidersin çünkü artık o kişiyle mutlu bir geleceğin olmadığına eminsindir.

Biri için mücadele ettiğinizde karşınızdaki kişiden de olumlu duygular görmelisiniz ki bu mücadele etmenize değsin. Demem o ki; birinin aşkını kazanmak için değil her iki tarafın aşkını korumak için mücadele edilmeli. Yoksa bir bakarsınız ki gururunuz ağır yaralar almış. Kişiliğinizin ise üzeri çoktan örtülmüş. Yüreğinizin en derinine bir hançer saplanmış. Aşk, iki kişilik olduğu zaman mücadele edilmeli. O aşkı büyütebilmek için mücadele vermeli ya da aşkı, karşı gelenlere kabul ettirmek için. Ama olmayan aşkı yaratmak için değil. İstenilmeyen aşk için mücadele edilmez. Çünkü bu, ruhun intiharıdır adeta.

Asıl aşk, iki kişinin birbirini kaybetmekten korkma ihtimalidir.

Senden Vazgeçmek İçin Her Şeyimi Veririm, Seni Sevmeyi Sevmiyorum

Özlemiş olabilirim ama sana bunu itiraf etmemi bekleme. Çünkü bir his aşaması vardır. Özlersin ama geri istemezsin. Tam da içinde bulunduğum durum. Zaten asıl özlediğim sen değilsin, senin gerçekten de iyi biri olduğuna inanmışlığım. Herkes "Dikkat et bu lağım faresi sana layık değil!" dediğinde sana toz kondurmaz, aslanmışsın gibi savunurdum seni. Şimdilerde bana bıraktığın tek şey o insanların her birine karşı duyduğum kocaman, çok büyük bir utanç borcu. Bir Ahmet Kaya değilim ama: "Olmasaydı sonumuz böyle." Sen bana küçük bir umut verdin, bense sana her şeyimi... Bir aşama var, ulaşılabilecek belki de en güzel mertebe. Şu an tam da içinde bulunduğum yer, senin sayende keşfettim. Öyle bir yer ki zamanında toz konduramadığın insanlardan vazgeçtikten sonra onların nasıl da çamur kapladıklarını uzaktan seyrediyorsun. Görüyorsun, hem de çok net. BU SANA YETİYOR. Bakın, böyle olduğuna seviniyorsunuz ya da üzülüyorsunuz demiyorum. SADECE SANA YETİYOR.

Eğer aklınızdaki kişi sizi kalpten seviyor olsaydı dayanamazdı konuşurdu. O yüzden vaktinizi beklemekle harcamayın. Kendinizi kahredip üzmeyin, gidin; kediyi sevin, köpeği sevin, olmadı çiçekleri sevin.

Tamam, her şeyi mahvediyorum ama sen yokken zaten hiçbir şey yok, sadece boşluk.

Gözün Arkada Kalmasın, Ben de Senden Vazgeçtim

Bu hayatta en büyük kaybedenler bekleyenlerdir. Ne affedebilirler ne de vazgeçebilirler. Resmen ortada kalmışlardır. En büyük günah ise onca yaşanmışlıklara rağmen, tertemiz kalmayı tercih edip güzel bekleyen birini, vazgeçmeye mecbur bırakmaktır. Bunun affı yok! Ne adam gibi kalmayı becerebilirler ne de gitmeyi... Ne aslanlar gibi sahip çıkabilirler ne de bırakabilirler. Severken vazgeçmiş birinin, kimseye eyvallahı olmaz.

Senin yüzünden ağlayan birini, sana sığınacak kadar çaresiz bırakmak... Herkes hata yapar ama bu aşama şerefsizliktir. "Seni bu hayatta en çok kim sevdi?" sorusuna benim adımdan başkasını söyleyemeyeceksin!

Olmuyorsa; ne zorla ne de kasıl. Bazıları hiçe sayılmayı sevilmekten daha çok hak ediyor.

Ne Hissettirdiğin Asla Unutulmaz!

Ben artık hiçbir şey için çabalamama kararı aldım. Çünkü artık biliyorum ki bir şeyi ne kadar çok istediysem asla olmadı. Olmayışını bırak bir kenara, ya sonrasında bir o kadar çok yıpranan bana ne demeli? Şimdi acaba bana yazmak yerine kim bilir nelerin peşinde koşturuyorsundur yine? Ama inanır mısın artık bilmek dahi istemiyorum. Çünkü zamanla anladım ki her şeyi bilmek o kadar da güzel değil, her şeyi anlamak her zaman sevinç vermiyor, çözmek aklı doyursa da ruha iyi gelmiyor. Bunların hiçbirini eskiden bilmezdim, sayende öğrendim! Bir şey var bu aralar bende, adını koyamadığım bir şeyler... Kırılmak desem kırılmaktan öte, parçalanmak gibi bir şey. Toplamaya çalıştıkça dağılıyorum. Bir şey var, halledemiyorum. Her şey üstüme geliyor sanki bu aralar. Suyu buzluğa koyarsın da belirli bir müddet sonra donar ya. Belki de diyorum kendimce benim de duygularım donmaya mı başladı? Beni davranışlarının sürüklediği bu nokta kaderimin değişeceği noktadır! Anlar gibiyim şimdilerde hiç kimsenin hiçbir şeye değmediğini. Gurur denilen şeyin insanı güçlü yapsa da asla mutlu edemeyeceğini. Sahi neden sevdiğimiz kadar sevilmiyoruz? Acaba gözümden düşen her gözyaşına sebep oluşunun hesabını Rabb'im sana soracak mı? Kendime "Özlemiş midir?" diye sormaktan vazgeçtim!

Özleyen insan arar, yazar. Özleyen insan ölür be! Bunları yapmayan gram özlememiştir, dahası yok!

Menfaatin için kullandığın kişinin vebalinde boğulmayacağını mı sanıyorsun sen ciddi anlamda? Yine de an geliyor düşünmüyor değilim. Aklımdan geçiyor yani, "Özledim gel!" desen her şeyi bir kenara bırakıp kalkıp sana koşar mıyım diye? Koşmak istediğim biri var. Var ama adım bile atamıyorum. Bilmem anlatabildim mi? Oysa yanımda olsaydın sana anlatacak o kadar çok şeyim vardı ki... Şimdilerde sadece susmakla yetinmek zorunda bırakılmış gibi hissediyorum kendimi. Bitmiş gibi değil de bitirilmiş gibi hissetmek benimkisi!

"Allah kimseye yanlış kişiyi doğru aşkla sevdirmesin."

Artık ne özleniyorsun ne hatırlanıyorsun
ne de bekleniyorsun; bil istedim.

İnkâr İyidir

Bir daha hiç kimsenin sevemeyeceği kadar sevmek... Belirli bir müddet insanı korur. O yüzden hâlâ bir gün, "Hâlbuki çok uğraşmıştı." demeni umut ediyorum. Ama sonuçta vazgeçmek zorunda bıraktığın her insan, bir gün mutlaka vazgeçer. Kimi hemen kimi az sonra kimi epey sonra. Kimi de benden sonra!

Bu satırlar son bulduğunda ben de senden vazgeçmiş olacağım! Ve sen en sonunda "Başardım! Bu serseriyi kendimden vazgeçirdim." diye kendinle gurur duyacaksın. Ama göreceksin, sadece bir süre idare etmeye yetecek gururunun sesi seni. Bir dönem sonra, belki hemen, belki az sonra, belki epey sonra o gurur duyduğun ses kesilecek ve her şeye rağmen "İlle de sen!" diye yalvaran, sensizlikten deli olan beni arayacaksın.

Vazgeçilmek harici bir hata yapmamış da olabilirsin. Ama korkarım hayat, daha doğrusu Cenabı-ı Allah benden sonra ne sana ne bana hiçbir zaman iyi davranmayacak. Bana vazgeçtiğim için, sana vazgeçirdiğin için...

Allah beni affetsin, gösterdiğim sevginin değerini bir ihtimal bilmeseydin düzeleceğine inanırdım. Hâlâ şu an senin için, biz olabilmek için savaşırdım. Ama çabalarımı görmeyen, hatta çabalarımdan rahatsız olan biri için devamlı uğraşmam yüzsüzlükten geçtim, Allah huzurunda daha büyük günah sayılırdı.

Benim ilk koşulum, işler ters gittiğinde gitmek değildi. Rabb'im sen çıkardın karşıma. Sendin "Sev!" diyen. Ben de senin yolundan gittim. Senin sayende bitirmek yerine düzeltmeyi seçtim. Sana olan inancımdandı, yüreğime de sevgime de tam olan güvenim!

Senin olmadığın bir dünyada bana hayat yok. Ben, sensiz bir dünyada yaşayamıyorum.

Sürekli affediyoruz diye karşımızdaki vazgeçilmez olduğunu sanıyor ama size değil, verdiğimiz emeklere veriyoruz o şansı. Bilin istedim.

Ve Ben Bazı İnsanları Asla Affetmeyeceğim

Hani sorarlar ya: "Neyin kafasını yaşıyorsun sen?" diye. Öyle şeyler yaşadım ki an itibari ile tamamen hayatın karşıma şimdiye dek kaybettiğim her bir şeyin yenisini, hatta daha iyisini çıkartacağı fikrine kendimi kaptırdım. Belirli bir süre sonra insanı yoranın hayat olmadığını, insanı başka insanların yorduğunu öğrendim. Şimdi içinizden biri çıkıp "Üstat, peki sen neyin kafasını yaşıyorsun?" diye soracak olursa cevabım kendimi an itibari ile hayatın toprak; kuyuyu kazanların ise insanlar olduğu bakış açısını savunan biri olarak tanımlamak isterim. Evet, kabul ediyorum ben de çoğunuz gibi boşa harcadığım zamanın yerine hiçbir şey koyamıyorum. Tabii ki isterdim bugünkü aklımın olmasını. Emin olun dün yaptıklarımı asla yapmazdım. Ama bazen de düşünüyorum ki dün yaptıklarımı yapmasaydım acaba bugünkü aklım olur muydu?

Çok yalana inandım. Kendimi yargıladığım anlar olmuyor değil. Bunu da seve seve kabulleniyorum. Ama saf ve temiz kalpli olmanın Allah huzurunda her zaman fesat ve kötü düşüncelere sahip olmaktan daha iyi olduğunu düşünüyorum. Hayat bana bazen öyle kötü şeyler yaşattı ki inanır mısınız üzüldüğüm için değil, akıllandığım için seviniyorum.

Onları sevmeme rağmen bana yanlış yapan insanlardan uzak durmam gerektiğini biliyorum. Beni önemserlerse yokluğumu fark edeceklerine inanıyorum. En azından hataları ile yüzleşmeleri için onlara zaman tanımak istiyorum. Bunu yaparken belki de hataları ile daha da yüzsüzleşecekler, bilemiyorum. Aslında en kötü şeydir değer verdiğiniz insanların ne kadar değersiz olduğunu görmeniz. Bazen cevabını kaldıramayacağını bilsen de yine de gerçeği öğrenmek istersin ya işte, ben bugünlerde o kafa yapısındayım.

Her şeye rağmen hem nefret edip hem de deli gibi sevmek diye bir şeyin var olduğuna da inanıyorum. Bir insanı ne kadar çok sevdiğini anca onu kaybettiğinde anlarsın onu ne kadar çok sevdiğini anlarsın bu düşüncemin küstahlıkla bir alakası yok. Çünkü küstahlığın zayıf bir insanın güçlü olma taklidi olduğunu düşünüyorum. Ben, bugünlerde yakınlaşmak için bazen uzaklaşmak gerektiğine inanıyorum.

Artık ne özleniyorsun ne hatırlanıyorsun ne de bekleniyorsun, bil istedim.

Sırtını güvendiğin birine yaslamışken düşmek ile herhangi bir şeye takılıp düşmek arasındaki fark vardır. Biri yaz ayında kar yağması gibi akla gelmezken, biri ise kışın kar yağması gibi normaldir.

Göreceksin Kalbine Ulaşmanın Bir Yolunu Bulacağım

Gitmeye değer yerlerin kestirmesi yoktur arkadaşlar. Eğer seviyorsanız ve sevdiğiniz kişi de buna değer ise sınır tanımamalısınız. Sizleri birbiriniz ile karşılaştıran Allah ise; emin olun ki sizi sadece sizin birbirinizi aslında ne kadar çok sevdiğinizi anlamanız için geçici bir süre ayırmıştır! Yani birbirinizin değerini anlayın diye.

Buna kendinizi inandırmanızı rica ediyorum. Karşı taraf "Bitti! Arama! Düş yakamdan!" dese de tekrar geçmişe dönün ve şu soruyu cevaplandırın: "Bunu daha öncede demesine rağmen sevgisine yenik düştüğü anlar oldu mu?"

Olduysa eğer emin olun ki o da sizi çok, hem de çok sevmiştir. Eğer sevdiğiniz kişi kadınsa düşünün, onların saçı bile kırıldığında trip atıyorlar. Yani kalpleri kırıldığı zaman ne yapabileceklerini siz düşünün arkadaşlar. Önemli olan şey kırılan kalbi tamir edebilmek uğruna yüreğini ortaya koyabilmektir.

Eğer kazanmak istediğiniz kişi bir erkekse ve siz onu ağlatmayı başardıysanız, hiç şüpheniz olmasın; o erkek bir daha asla başkasını sizi sevdiği kadar sevemeyecektir. Ben böyle düşünüyorum.

"Yeter ki bana, beni özlediğini söyle. Gelmiyorsam bırak o benim ayıbım olsun." düşüncesine kaptırdınız mı hiç kendinizi? Eminim olmuştur. Düşünsenize bir gün hiç ummadığınız bir anda "Seni çok özlüyorum." diye bir mesaj geliyor. Nelerinizi vermezdiniz o anı yaşayabilmek için?

"Öyle bir mesaj gelsin yeter ki. Ertesi gün Allah canımı alsın." diyenler de var; "Aman bana ne! Sevmiyorsa başkası mı yok?" diyenler de var diyorum ve detaylı bilgilendirme kısmına geçiş yapmak istiyorum.

"FOREVER ALONE" Modu

Arkadaşlar, siz siz olun sakın sevdiğiniz kişiyi bir başkası ile unutmaya kalkışmayın! İnanın bana başaramayacaksınızdır. Çünkü "Zamanın unutturamayacağı acı; ölümün ise bitiremeyeceği anı yoktur!" Onunla geçirdiğiniz anıları silmeye cesaret edemediğiniz sürece böyle bir şeyi asla yapmayın. Sevdiğinizi belki belli bir süre kıskandırmayı başarırsınız ama uzun vadede kendinizden soğutursunuz. Yeni sevgilinizin er veya geç ahını almış, kendinize de ihanet etmiş olursunuz!

"CHAOS" Tavsiye: Uzak durun ve kendinizi "FOREVER ALONE" moduna alınız!

Küçük şeylerden zevk alabilmek, lüks yerine zarafet aramak, saygı istemek yerine değerli olmak, zengin olmak yerine kimseye muhtaç olmamak, sıkı çalışmak, sessizce düşünmek ve dürüst konuşmak; yıldızları, kuşları, bebekleri ve bilgileri açık kalple dinlemek... İşte bu sizin senfoniniz olmalı.

Konuşmayı çok istediğiniz o kişiyle konuşamazsınız ya... Tamam, tamam siz beni anladınız!

"THE SPECIAL ONE" Modu

Sevdiğiniz kişinin sizin için çok özel olduğunu ona hissettirin. Ona bu hissi yaşatmanız çok ama çok önemli. Az ve öz şeyler yapın. Kalbi çok kırık birini, "Çok seviyorum, değişeceğim, seni üzmeyeceğim, mutlu edeceğim." gibi sözlerle tatmin edemezsiniz. Söylemeyin, bunu hissettirin! O, zaten sizi sevmiş de sizinle beraber olmuş. Sizi neden sevdiği detayları üzerinde durun ve bu detayları düzeltmeye özen gösterin!

ÖRNEK: "Onu sürekli arayıp sinir etmektense yüzlerce kilometre uzakta olsa da penceresine gidin. Sizi bir dakika görebilmesi için gerekirse bir saat orada bekleyin. Sizi görmesi, ona kendi değerini fark ettirecektir; sizin ona verdiğiniz değeri. Büyük bir ihtimal bununla da tatmin olmayıp tepki vermeyecektir. Ama emin olun ki siz oradan uzaklaştıktan sonra size olan hisleri hızlı tren etkisi yaratacaktır. Bunun dozunu siz ayarlamalısınız. Sevginizin boyutuna göre hareket edin.

FORMÜL ŞU: "İçinizdeki sevgi ne kadar büyükse yatırımınız bir o kadar büyük olmalı!

Ya o ya hiç diyenlere, sevgisi tavan yapanlara verebileceğim diğer bir tavsiye ise: İsmini kalbinize dövme yaptırınız!

"Ancak riski göze alabilen kimseler hürdür!"

"NO PANIC" Modu

"Başkasını bulur ve başkasına alışır." anlayışından derhal vazgeçmeye çalışın. Şayet bunu yapacak olursa bir gün gelir tekrar dua edersiniz bu sefer "Ey Rabb'im! O zamanlar ettiğim duaları iyi ki kabul etmemişsin." dercesine.

Tahmin edebiliyorum; çok acı olsa gerek, hatta acıların için-de en beteri olsa gerek, senin her gece dua ettiğin birine "İyi geceler." bile diyemediğin için ağlarken, bunu bir başkasının yapması.

Arkadaşlar, unutmayın ki yüce Rabb'im biz kullarını hiçbir zaman nasip etmediği şeylerin peşine düşürmez.

Olması gereken en güzel yerdesin: Duamdasın!

"Siz birbirinizin kaderi ve kısmeti olmasaydınız, Allah sizi tanıştırmazdı."

Sıkıntı etme. Kaderinde kim varsa ayağına o gelecek. Kaderindeki "O" ise muhakkak sevecek!

UNUTMA: "Bütün güzel şeyler sabırdan sonra gelir."

Sensiz zaman durur. Olmayan bir yer bulur giderim. Çünkü bedelini ödedik.

Alıştır Kendini, O Gelmeyecek

Şunu asla unutmayın ki; bir şeyi bağımlılık derecesinde arzulamaya devam ederseniz bu durum zamanla zayıf noktanız haline dönüşür. Bu arzunuzdan vazgeçmediğiniz sürece sizi, ilerde manipülatif tuzaklar olarak pusuya düşürmesi kaçınılmaz olur. Eminim bu raddeye gelmeden önce yeterine hoşgörü gösterip alttan aldın. Bilmek dahi istemiyorum, kaç kere "Belki bir gün düzelir…" diye kendini teselli edip kandırdığını. Ya sonra… Suçun onda olmasına rağmen yine de senin didinmene, uğraşmana ne demeli? Peki, hiç gücün yokken bir yerlerden güç almana ne demeli? İnsanın mantığının almadığı bir şeyi, kalbine anlatamaması… Bakın, burası tamamen çaresizlik. Sen, onun bir mesajına deliler gibi muhtaçken; onun aramalarını meşgule atmasını, bir daha ona ulaşamaman için sana koyduğu engelleri ve her şeyden önemlisi de bunlardan sonra delirmelerini, yıkılmalarını inşallah ömür boyu unutmazsın! Demem o ki; sen elinden gelen insani her türlü çabayı zaten sarf etmişsin. İnsanın, her zaman uygulamaya hazır bir plana ihtiyacı yoktur. Bazen sadece nefes almak, Allah'a sığınmak, her şeyi oluruna bırakmak en doğru şeydir. Seni, sadece isteyen kişi ile onun olman için elinden gelen her türlü çabayı sarf eden kişi arasında büyük fark vardır. Yani üzgünüm ama o da seni istemiş olsaydı en az senin kadar uğraşırdı. Ama gel gör ki; paşası, kılını dahi kıpırdatmadı!

Hayat gariptir, bazen ulaşamayacağın kadar yüksekte sandığın kişiler, aslında eğilemeyeceğin kadar alçaktadır.

"Önce Umut Verip Sonra Yarı Yolda Bırakıp Gidenlere Ne Diyorduk?"

Günümüzde, sırf karşısındaki kadının güvenini kazanıp sonrasında onu kullanıp atmak için kendisini adeta aslan gibi tanıtan birçok erkek var. Yalanla sürdürülen her beraberlik, ortaya çıkan ilk gerçekte son bulur. Ne yapacaksın peki, gerçekte aslan değil de tam bir lağım faresi olduğun ortaya çıktığı zaman?

Sana kanmış bir kadın varsayalım ki aptaldı. Peki ya sen? Sana hangi unvanı vermeli? "Ona da yazık, zaten zar zor inandı bana, bir de ahını alır, vebalini taşırım." diye hiç mi düşünmedin? Oysa o sadece yanında kendini güvende hissedecek bir adam istemişti. Hayatın zorluklarına karşı tek beden, tek yürek beraber mücadele edebileceği bir savaşçı istemişti. Sahi, ona karşı haksızlık yapıldığında sen neredeydin paşası? Kadınını korumak, kollamak, üzmemek; adamlık görevi değil midir?

Her şey kıvamında güzeldir. O, senden sadece sahiplenmeni istedi. Yeri geldiğinde yumruğunu masaya vurup: "Sen benimsin! Seni kimse üzemez." demeni bekledi. O sadece senden, senin olanı korumanı ve sahip çıkmanı istedi.

Hayat, bize bazen öyle kadınlar sunar ki... Onların bizden gitmelerine sebep olmanın acısını ve pişmanlığını ömrümüzün geri kalan kısmında yaşarız. Yarın, geç kalmakla meşhurdur. Demem o ki onu seviyorsan bunu hissettirmelisin!

Senden ayrıldıktan sonra kendi kabuğuna çekilip yalnız kalmayı tercih edecektir. "Yazma bana! Arama istemiyorum." dese de aslında demek istediği: "Lütfen hatanı anla, ben yoruldum. Ne olursun bir kere de sen bizim için mücadele et, sana güvenmemi sağla."

İşte bu tür kadınlar için son zerresine kadar savaşmaya değer. Çünkü bu kadınlar bir tek seni sevmişlerdir. Sadece sen, onlar için önemli olmuşsundur. Sana yardım edemediklerinde içi içini yemiştir onların. Sana yalan söylemeden, seni oyunlara alet etmeden, edeplerini yitirmeden kendilerini sana adamışlardır. Onlar, senin en derinine inmeyi becerip orada senin dahi göremediklerine tanık olmuşlardır. Onlar, zaman zaman sergilemiş olduğun kişiliksizliğe rağmen senin özrünün temiz ve içten olduğuna kendilerini inandırmışlardır. Böyle kadınları aşka küstürmeyin. Arkanızdan "Keşke seni tanımaz olsaydım..." dedirtmeyin.

Bu saatten sonra istediğini sevebilirsin. Ama rica ediyorum benden uzak dur. Bir başkasını sevmeme engel olma. Yeniden hayatımı kaydırma!

Kusura Bakma Yüreğimin Ayarı Yok; Sevdim Mi Çok Seviyorum

Sevdi mi iliklerine kadar seven birinin asıl korkusu yeniden âşık olmak falan değildir. Aynı şeyleri tekrar yaşamaktır. Sevip seveceğine pişman ettirilmek, dibine kadar kırılmak, duygularına karşı gelememek...

Kadınların en büyük kumarı hayatlarını paylaşacakları kişiyi belirlemektir. Onlar için bundan büyük risk yoktur. Düşünsene; birinin sana yakın olmasına izin veriyorsun. Sana dokunabilmesine, öpebilmesine müsaade ediyorsun. Korkularını, sırlarını paylaşıyorsun. Tabularını kırıyorsun, yeri geliyor tüm gücünü ona harcıyorsun; sırf yanında mutlu olsun diye. Paşası ise gün geliyor yeterince doyduktan sonra tüm bunları hiçe sayıyor. Şaka gibi!

Senin kalbin mi kırılmış, hayallerin yerle bir mi olmuş? Umurunda bile değil. Emin ol klavye kahramanımızın şu anki tek derdi "Yeni birilerini nasıl düşürürüm?" düşüncesi. Her şeyini gözünü kırpmadan verebileceğin birinin, umurunda dahi olmamak belki de acıların en beteridir.

Bazen tam da böyledir işte. Gereğinden fazla seversin ve o çok sevdiğin kişi günün birinde vazgeçer senden. Bir boşluğa düşer gibi olursun. Düştüğün yerden koca bir hiçliğe tutunmaya çalışırsın. Zaman da yalnızlığını telafi etme şansı vermez. Düştükçe düşersin en dibe. Oysa kaç kere kendine: "Bir daha olur da birini seversem asla haddinden çok sevmeyeceğim sözü verdin?" Ama gel gör ki küçük hanım yine kaptırmış kendini.

Duygularına karşı gelemiyor, acı çekmeyi seviyor.

Sevilmeyi hak etmediğini sen de gayet iyi biliyorsun. Peki, neden ısrarla sende kalması için uğraşıyorsun? Ona tepki vermedikçe, "Bana bunu yapamazsın!" demedikçe seni daha kolay kırabilmesi için fırsat vermiş olursun.

Biriyle beraber olmaya başladıktan sonra iki seçenek vardır. Ya beraber kalırsınız ya da araya saygısızlık girmiştir. Eğer araya saygısızlık girdiyse bu ilişkinin beyin ölümü gerçekleşmiştir. Fişi çekebilirsiniz. Her şeyin bir çaresi vardır belki de. Ama saygısızlığın yok. Şunu bilmelisin: Sana saygısızlık yapan kişiye ne kadar çabuk "Burada dur!" dersen o kadar çabuk sana saygı gösteren kişi çıkar karşına. Neden böyle yaptı diye fazla kasılmayın derim. Çünkü bazen nedeni olsa dahi artık zerre önemi kalmamıştır. Saygı zedelenmemeli!

Bana sevgili değil de her şeyi beraber yapabileceğim deli bir insan lazım.

Sağlıklı düşünemiyor muyum? Bilmiyorum ama içimde sönmek bilmeyen, vakti geldiğinde her şey aşırı güzel olacak hissi var. Her şeyin bir vakti, her zorluğun sonunda bir güzellik olduğunu hissediyorum.

Birini Ancak Yokluğunla Terbiye Edebilirsin

Zamanla senden sıkılacaktır. Çünkü hep onun elinin altındasın. Ne zaman isterse senden tekrar yararlanabileceğini biliyor. Nereden mi biliyor? İnsan, sevildiğini hisseder. Yazmıyorsun ama engel de koymuyorsun, açık kapı bırakıyorsun.

Resmen "Hu hu paşası, canın sıkıldığında ben buradayım." dercesine, hatta dayanamıyorsun bir bahane üretip kendin yazıyorsun. Sanıyorsun ki laf sokarak hikâyeler atmakla, kıskanacağı resimler paylaşmakla sana döner. Kendini bile kandırıyorsun. Neymiş? Onun da canı yansın istiyormuşsun. Hepsi bahane. "Ne pahasına olursa olsun seviyorum, bekliyorum." anlamına gelir bu.

Kimseye zorla kendini sevdiremezsin. Eline ne geçti şimdiye kadar böyle yapa yapa söyler misin? BİRİNİ ANCA YOKLUĞUNLA TERBİYE EDEBİLİRSİN. Sen, uzun bir süre her yerden engel koymadıkça, onu gizli gizli stalklamayı bırakmadıkça her bir şeyi daha da çamura bularsın. Gün gelir sana: "Arkadaş kalalım. Kusura bakma ama seni eskisi gibi sevmiyorum, hayatımda başkası var." der. Ama bilmelisin ki tüm bunları sadece ve sadece kendisi olmadan yaşayamayacağını zannettiklerine söylerler. Bonus olarak da yaptığın ufacık bir hatanı olay haline getirip suçu sana yüklerler.

Belki de tek hatan gidememek. Ama tam da bu hatan yüzünden seni basit, gururusuz, zavallının teki sanacaktır. Sen, gitmemekle doğru olanı yaptığını sanıyorsun. Affetmiş gibi yapıp asla affedememiş olmak seni fazlasıyla hırpaladıktan sonra muhtemelen beni anlayacaksın. Herkesin ne kadar uğraşırsa uğraşsın asla değmeyeceğini anladığı bir noktası vardır. Şimdiye kadar aranız ne kadar bozuk olursa olsun, paylaştığınız her şeye saygı duymuştun. Ama o noktadan sonra her defasında "Değmezmiş!" demek yoracak seni. Hem de çok...

PEKİ, YA O DA PİŞMAN OLACAK MI? Olacak! Ona deli divane âşık olman, onu çat diye ortada bırakıp gitmeyeceğin anlamına gelmediğinde o pişman olacak.

Bak göreceksin. Seni, bu davranışlarıyla öyle bir raddeye getirecek ki şimdiye kadar yaptığın kötü şeylere pişman olmak yerine yaptığın ne kadar iyi şey varsa hepsine pişman olacaksın.

ŞİMDİ, BİR ANDA ORTADAN KAYBOLUP HİÇ DÖNMEMEK İÇİN HARİKA BİR ZAMAN!

İnsan, hislerini bir poşete koyup çöpe atamıyor maalesef. Gitmeyi öğrendiğinde ise sayelerinde güçlü birine dönüştüğünü sanıyorlar. Oysa sen sadece daha duygusuz birine dönüşmüşsün.

Dualarınızın başrolünde kim varsa;
Rabb'imin sizi en kısa zamanda ona
kavuşturması dileklerim ile.

Kaçınılmaz Bir Gerçek!

Bırakmayı ve bittiğini kabullenmeyi öğrenmeliyiz. Bakın bir örnek: Eski, çok eski bir evi restore etmek yerine yıkıp aynı arsaya çok daha muhteşem bir ev dikmek daha mantıklı olmaz mı?

Onu kendinize yeniden âşık etmeye çalışmanız gidişatı göz önünde bulundurursak her şeyden daha mantıklı gelen seçenek olsa gerek diye düşünüyorum. Bunu gerçekleştirmeniz için de her şeyden çok kendinize iyi olunuz, güçlü ve sapasağlam ayakta kalınız. Ona, onsuz da her türlü zorluğun altından kalkabileceğinizi kanıtlayınız. Proje, birkaç hafta sonra, "Bak ben başardım!" demekle olmuyor. Kalıcılık önemli. Sizin ne zaman piştiğinizin kararını tamamen karşı taraf belirlemeli. Kitabımda bir şekilde günlük hayattan örnekler vererek, gündemdeki konular ile kıyaslamalar yaparak sizleri aydınlatmaya çalışıyorum.

Sizlere aşılamak istediğim zihniyet şu: Aşk, insanı yanlışa ve hataya sürükleyebilir. Bu aşkın tabiatında olan bir şey. Ben, kesinlikle davanızdan vazgeçin demiyorum. Ama hayallerinizi yıkın. Sil baştan yapın diyorum. Eğer o kişi kadınsa; zaten kolay kolay yeni bir ilişkiye başlamaz. Ona sizi düşünme, sizlerle geçirdiği tüm güzel anıları hatırlama fırsatı tanıyınız. Belki o da sizi özleyecektir. Konuşmalarınızı, mesajlaşmalarınızı... Ne yazdığını çok iyi bilen biri olarak tekrar rica ediyorum ki bu aşk böyle bitemez düşüncesinden derhal vazgeçin!

Kendinizi yenileyiniz. Sizde çok acı çektiniz, tahmin edebiliyorum. Hatta çoğu zaman tüm ağrı kesicilerin onun bir gülümseyişi olduğuna kendinizi inandırdığınızı da tahmin edebiliyorum. Lakin her mutluluğun erdemi acı çekmektir. Acınızı çekin ama hata yapmadan, çektiğiniz acıyı ona hissettirtmeden çekin. Google'a girin ve "Nasıl cool olurum?" yazın. Alacağınız cevapların çoğu ortak bir yönde buluşmakta. Yani gizemli olmakta, karşınızdaki kişilere her bir şeyinizi yansıtmamakta buluşacaktır. Bırakın o da sizi merak etsin. Sizi kalbinden silmiş olabilir ama aklından asla silemeyecektir. Arkadaşlar, Miguel de Cervantes der ki: "Zamanın unutturamayacağı acı; ölümün ise bitiremeyeceği anı yoktur." Ne kadar da doğru söylemiş.

Yalvarmakla ve karşı tarafı ikna etmeye çalışmakla hiçbir şey elde edemeyiz. Acizliğimizi, ne kadar zayıf bir karakter yapısına sahip olduğumuzu ona belli etmekten başka tabii. Tavsiyelerimin dışına çıkıp istediğinizi elde etseniz bile kalıcı olacağına inanmıyorum. Ya size acıdığından dönecektir ya da sizi avucuna aldığından dolayı üzerinizde öyle bir baskı kuracaktır ki zamanla siz bıkacaksınızdır. Düğümü çözecek soru şu: "Size acıdığından mı size dönsün istiyorsunuz yoksa sizi sevdiğinden mi?" Ona ne kadar ihtiyaç duyarsanız duyun yalvarmak yok! Vaatlerde bulunmak yok! Yemin hiç yok!

Siz, sadece sevilmeye değer iyi bir insan olmaya çalışın. İşin sırrı burada. İçinde sevgi varsa ve gözleri kör değilse emin olun ki Allah sizi mükâfatlandıracaktır.

Birini Nasıl Unutabilirim?

En sonda söylenmesi gereken şeyi en başta söyleyeceğim: "Bu imkânsız!"

Her şeyden çok sevdiğiniz kişiyi, her şeyden çok unutmak istemek... Bakın burası tamamen çaresizlik. Allah kimseyi böyle bir çıkmaza sokmasın. Bu raddeye sürüklendiyseniz bilmelisiniz ki unutmak istediğiniz kişi, kalbinizde siz isteseniz dahi asla unutamayacağınız yaralar açmıştır.

Birini unutmak istiyorsanız size yaptıklarını hatırlayın.

Sevdiğiniz kişi, her şeyden önce bu denli sevilmeye layık olmalı. O, artık hayatınızda yok ve eminim ki bu sizin suçunuz değil, onun tercihi. Kurbağayı koltuğa oturt, çamuru görür görmez yine çamura atlar. Bazılarının doğuştan defoludur yürekleri. Demem o ki: "Ağlamak sadece çocuklarda sonucu değiştirir. Bu yadsınamaz bir gerçek. Zaten merhametli, vicdanlı birisi olsaydı sizi bu çıkmaza sokmazdı ve yanınızda olurdu. Hak etmediği hâlde gördüğü sevgiyi elinin tersiyle itmezdi, alır başına koyardı. Tamam, seviyorsunuz. Ama önce kendinize bir sorun derim, seviyorsunuz da kimi seviyorsunuz? Bir sebebi olmalı. Bu denli sevilmeyi hak edecek ne yaptı? Ya da nesini sevdiniz? Brad Pitt veya Burak Özçivit kadar yakışıklı mı? Size durmadan sürprizler mi yaptı? En zor günlerinizde yanınızda mı oldu? Yoksa tek bildiği küfür etmek ve kısıtlamak mıydı?

Trip atmak kıza; gönül almak ise erkeğe yakışır. Ne kadar çocuksu bir şey engel koymak. Eminim ne sahiplenmeyi becerebiliyor ne de tamamen kendisinden gitmene razı. Sen seveceksin, sen uğraşacaksın. Kusura bakmayın ama sırf senin uğraşınla olacaksa hiç olmasın daha iyi. Daha yakışıklı yüz binlerce erkek var. Sen, sana daha iyi bir hayat sunacaklarını bilmene rağmen hepsini eleyip paşasını baş tacı yapmışsın. Onun sana yaptığına bak!

Sadece bir saniye için sende emeği olan birinin ya da ailenden birinin vefat ettiğini düşün. Sal gitsin. Seni hak etmeyen birinin ne aklında ne de kalbinde yeri var. Cenazeler neden erken gömülür biliyor musun? Erken gömmezsen kokar. Hayatına yön vermelisin. Unutma, yaşadığın günün tekrarı yok. Onunla kafayı yiyeceğine, "O kim ki? Beni sevmedi, beni hak etmedi, bizim için uğraşmadı." demelisin. Hayat akışını ve önceliklerini değiştirmelisin. Kendine zaman ayır, kendini sev. "Bensiz oluyorsa onsuz da olur." de. Bırak o da seni merak etsin, özlesin. "Ne oldu acaba bu kıza?" desin.

Durmadan yazarsan, ağlarsan, peşinden koşarsan, sevdiğini ve unutamadığını hissettirirsen sana dönmesini bırak, daha çok kendinden uzaklaştırırsın onu. O, sana ancak ne zaman kendiliğinden dönmek ister biliyor musun? Senden ayrıldığına pişman olduğunda. O yüzden silkelenip kendine gelmelisin. Daha güçlü, daha dik, daha güzel, daha mutlu olmalısın. Yoksa o niye pişman olsun ki? Sen durmadan yazarsan, ne yaptığını takip edersen. O, seni niye merak etsin, özlesin? Şimdiye kadar yaptın da ne oldu? Neyi değiştirdin? Geri geldi mi?

Her şeyi affedecek raddeye gelmişsin. Seni aldatmasını bile! Öyle seviyorsun ki çıkıp gelse biraz dır dır edip yine kabul edeceksin. Sanki senden sonra gittikleri tombaladan çıktı. Sanma ki onlara: "Canım sıkkın gel çıkalım, beraber olalım." dedi. Yok yok emin ol onlara neler neler söyledi. "Seni seviyorum." demeler, gözüne girebilmek için sürprizler, hediyeler, durmadan güzel mesajlar... Ama senin sevgin o kadar büyük ki saygının önüne geçmiş. Tüm bunlara rağmen kabul edersen kendine olan saygını yitirmiş olursun. Kendisine dahi saygısı olmayan birisine kim saygı duyar ki?

Onunla irtibatını kesmelisin! Instagram'da, Facebook'ta profiline bakmayı bırak. WhatsApp'ta durumuna ne yazmış, kiminle nerelere gitmiş bunların hepsini bırak. Ortak arkadaşlarına da sorma. Onun adı geçtiğinde konuşmak istemediğini söyle. İnanın bana asla unutulmayacağını sanan kimler unutuldu bu hayatta. Onun lafı bile olmaz. Kendine ve hayatına yeni bir şans vermelisin. Keşke biraz daha şöyle davransaydım, böyle yapsaydım belki yürütebilirdik diye düşünme. Bu ilişkinin bitmesinin sebebi sen değilsin. Sen değilsin!

Sana bir sır vereyim mi? Ondan vazgeçtiğin gün sana âşık olacak!

Yalnızlık farklı bir şey, sensizlik farklı bir şey.

Yasal Uyarı: Kimseye Alışmayın!

Sana tek bir soru soracağım, yalnız dürüstçe cevap ver istiyorum. Öğrenmek istediğim şey şu: Kaç defa kendine "Bir daha affetmem!" diye yemin etmiş olmana rağmen yine de affettin? Hiç mi içinden geçmedi, "Ben denedim olmuyor. Seni Allah affetsin!" demek? İki tür hata vardır bu hayatta: Affetmesi mümkün ve affetmesi imkânsız. Mümkün ise zaten bir şekilde, fazla zorlanmadan, yıpranmadan affedersin. İlerde pek de kasılmaz, kendini yargılamazsın. Lakin birini bağışlamak büyüklüktür, kolaydır. Birini çok sevmiş olanlar iyi bilirler bunu. Anca bu şekilde yürek rahata ve huzura kavuşur. İmkânsızsa, tıpkı adının da üstünde olduğu gibi durum imkânsızlaşmıştır. Bunda anlamayacak bir şey yok. Seni aşar. Bunu bilmene rağmen yine de olur da affetmeye kalkışırsan bilmelisin ki bu hayatta her şeyin bir bedeli vardır! Senin bu durumda ödeyeceğin bedel ise kendine duyduğun saygıyı yitirmek.

Birini affetmeden önce kendine hep şu soruyu sormalısın: Aynı hatayı sen yapmış olsaydın, o seni affeder miydi? Bu arada affedilmesi imkânsızlaşmış bir hata, kadın için neyse erkek için de odur! Erkek yapar diye bir ayet inmedi. İlerde, "Bana da yazıklar olsun, tüm bunlara ben izin verdim." demek istemiyorsan iyice düşün. Birini ne kadar çok seviyorsan sev hiçbir zaman kendine olan saygını yitirme. "Kahrolsun tabiatımda var!" ayaklarını falan bırakın lütfen. Bilin ki kendisine olan saygıyı yitirmiş birisini, hiç kimse, İSTİSNASIZ HİÇ KİMSE, hak ettiğini düşündüğü gibi sevmez. Hadi içinizden biri çıkıp desin ki: "Ben haddinden fazla değer verdim. Özür dilenmesi gereken kişi olmama rağmen yine de ben özür diledim. Gereğinden fazla ısrar ettim ve şu an mutluyum!" Böyle bir dünya YOK! Sana kızmıyorum. Affedilmesi imkânsız bir hatayı affetmeye kalkışmışsın. Bu affedilmesi mümkün bir hata; dünyanın altında da üstünde de günah sayılmaz.

Ona gelince, kimsenin başına kötülük gelsin istemem. Ama birinin kendisine olan saygısını yitirmesine ve de hiç kimseye güvenemeyecek oluşuna sebep olup, bambaşka biri ile mutlu olmak diye bir şey yok! Allah'ın keseceği ceza var. Her şeyi yapsaydın da seviyormuş gibi yapmasaydın keşke, günahına girmeseydin. İyi ezberle: Bunun affı yok, yok, yok. Nokta.

Sana gelince, daha fazla üzme kendini lütfen. Vazgeçmeye çalışmış ama başaramamışsın. Bu hep böyledir; biri daha büyük sever, biri daha yüreklidir, daha çok korkar ahiretten. Geçmişin mahkûmu olma. Bu ibretlik bir dersti sadece. Ömür boyu hapis cezası değil. Duygularını bir kenarda bırakıp mantığınla ilerlemelisin yolun geri kalan kısmını. Bunu başarmalısın. Yoksa ilerde kendinden dahi nefret edersin. Olmayacak şeyleri, Rabbim, biz kullarına hissettirir. Ama vazgeçme kısmını bize bırakır. Sınama dediğimiz şey bu.

Geçmişte nelere katlandığının sürekli üzerinde durmak, önündeki mutluluğa çelme takmaktır. Cenaze neden erken gömülür? Kokmasın diye. Unut demiyorum ama takılı kalma, geciktirme. Unutma, sen bu dünyadan alacaklısın. En güzel yıllarını heba etmişsin. Vakit, tayin etme vakti. Sakın, "Ama ben mutlu olmak istemiyorum ki." deme. Sen, mutlu olmak zorundasın. Ona inat!

Maalesef bir insanın size değer vermediğini aklınızdan geçirmeye başladıysanız gerçekten de değer vermiyordur. Bunda yanılma payı olduğunu düşünmüyorum.

Not: Sevdiği Kadar Sevilmez İnsan, Bu Böyledir

Keşke onun da senin için çarpan bir kalbi olsaydı. Emin ol, hayatındaki tüm keşkeler anında yok olurdu. Keşke, senin, ona verdiğin değerin, harcadığın emeğin, gösterdiğin ilginin, duymuş olduğun saygının sadece onda birini diyorum, o sana verebilseydi.

O, senin kadar anlayışlı olamadı. Sen kadar çaba sarf etmedi. Sen ki; haklı olmana rağmen bir şeyler düzelsin diye onun göstermesi gereken uğraşı da üstlendin. Ne oldu? Neyi düzelttin? Eline ne geçti, söyler misin? Ben seni rencide etmek, suçlamak istemiyorum.

Hatasını affettirmek için dahi uğraşmayana yarınlarımızı emanet etmeye kalkıştık ya, yeminle bize de yazıklar olsun! Değmeyecek ne varsa değer verdik. Sevilmeyi gram hak etmeyen kim varsa gittik tonca sevdik. Bak, kalkıştın değil kalkıştık diyorum. Sen sanma ki: "Hayat, bu adama güzel. Oh! Keyfe gel. Canı sıkıldıkça giriyor Instagram'a. Yazıyor, çiziyor bir şeyler. Biz de hayranlıkla okuyoruz. Yarın bir gün kitap çıkarır, köşeyi döner." Bu işler böyle olmuyor yalnız, bilin istedim. Siz, benim yazdıklarımı okuyorsunuz. Ben ise bana yaşatılanları yazıyorum. Sizi anlayabilecek biri varsa o da benim, demeye geldim. Hem de en iyi şekilde.

Sen, şu an sanıyorsun ki yeri zor dolacak bir boşluk bıraktı. Öyle düşünme lütfen. O boşluk falan bırakmadı. Seni, resmen kendi kazdığı boşluğa itip zoru görünce defolup gitti. Hatta daha ileri gidiyorum, korkarım şimdi bile kendinden utanacağına gurur duyuyordur. Sen, onun için devamlı uğraştıkça: "Vay be! Ben ne vazgeçilmez biriymişim!" diyordur içinden. Ve emin ol ki sana vermedikleri değeri, kendilerini zerre hak etmeyen, kendileri için kılını dahi kıpırdatmayan birilerine verecekler. Ben, sana hayalin yıkıldı diye değiş demiyorum. Ama sen de bilmelisin ki biri üzerine kurulan hayaller sadece senin istemenle gerçekleşmez.

Rahat uyuyabilirsin artık. Uyku; hayal yıkana haram olur, hayali yıkılana değil. Sen, senin değerini seni kaybetmeden bilen birini hak ediyorsun. Ne acı değil mi? Buna rağmen olur da bir gün ağlarsan, bu her zaman senin zayıf olduğun anlamına gelmez. Daha çok, şu an için kalbinin hazmedemeyeceği kadar çok şeyler hissettirdiği manası taşır. Kendini ne olur daha fazla tüketme, demeye geldim sana.

Unutma, yarın geri kalan ömrünün ilk günü. Haklı olduğun yerde; kendini yıpratmakla, yalvarmakla, sürekli yazmakla, ne yapıyor diye merak etmekle düzelecek gibi değil. Sen onu bu kadar severken, o kendini yok etmiş.

Hakan Özkan okumayan çok şey kaybeder, okuyan ise zaten birçok şey kaybetmiştir.

Bir Aşk Ne Kadar İmkânsız Olabilir?

Kendimi bildim bileli en sevmediği sözcüktür: "Umutsuzluk."

Şartlar ne kadar zor olursa olsun yüreğimi hiç kaptırmadım umutsuzluğa. Bence her mutluluğun erdemliği acı çekmekti. Zamanın her acıyı bitirecek güce sahip olduğuna inandırmıştım kendimi. Adeta kendimi avutuyorum. "Bir gün mutlaka bitecekti ve ben kazanacaktım; çünkü âşık olan adam kaybetmezdi, kaybetmemeliydi. Yani bunu hak etmiyordu ve ben biliyordum; bir gün hak mutlaka yerini bulacaktı."

Aşk acısı bu; gerçi diğerlerine benzemiyor bazen korkunç şeyler oluyordu. Kendimi defalarca, gözünün önünde adam öldürülmüş bir çocuk gibi bakarken buluyordum. Bitirmek yerine düzeltmeye çalışıyordum. Önüme çıkan zorlukların sınavım olduğunu düşünüyordum. Kendime de yüreğime de güvenim tamdı, böyle olması gerekiyordu. Çünkü böyle olmasaydı beni ben yapan kişiliğimi yitiririm diye korkuyordum. "Poker Face" diye bir şey var. Karşısındakinin yüz ifadesini okuyamazsın, yanıltır seni. On dakika karşında o kadar güçlü durur ki umudunu yitirip öfkene sarılmak istersin. Ben o yüzden karşımdakinin kalbini okumaya çalıştım. Ağzından çıkana bakmadım. Biri sana "Git!" diyebilir. Oysa kafasını yastığına koyduğunda "Ne olursun benim için savaş, beni aşka inandırmak için elinden gelen her bir şeyi yap." demek istiyor olabilir. Ben kendime, beni deliler gibi sevdiğini bildiğim kadının gitmesine göz yummayı yakıştıramıyorum. Hani derler ya kader karar verir her şeye. Kader, üstüne düsen vazifeyi zaten yollarımızı tüm zorluklara rağmen birbirine çıkartarak sağlamıştı. Kader, üzerine düşen vazifeyi yapmış, topu bize atmıştı; tamamlamamızı istiyordu. Biraz klişe olacak ama biraz da insanın kaderi kendi elindedir. Her şeyden çok istediğin şeye kavuşma ihtimali yani. Bazen hayata kızıyor insan, öfkeleniyor. "Neden böyle bizi ayırıyor?" diye isyan edercesine. Neden hiç pes etmedim biliyor musunuz? Bizi ayıran duvarları, tamiri mümkün olmayan kişilikler ördü diye. Bu yükün altından kalkamayacak onların büyük aşkı sandılar. Oysa aşk denenmez; vardır ya da yoktur. Korku, evet bir müddet insanın elini ayağını bağlar, hatta aklını bile bağlar. O düğümleri çözmeliydim. Belki bunu yapanlar o sürecin tadını çıkarmışlardır. Herkesin intikam alışı farklıdır ve bir gün Allah senin yerine intikamını alır. Siz kukla ustası olabilirsiniz ama ben sizin kuklanız değilim! Belki de sadece siz kahraman olmayın da bu sefer iyiler kazansın diyedir uğraşım.

Herkes hata yapar ancak senin yaptığın adeta karaktersizlik...

"Sevdası büyük olanın imtihanı ağır olur."

Tükendik!

Farkındayım. Hatta biliyorum geçti artık bizden. Ama içimdeki sana olan sevgi tükenmek bilmiyor. Ve inan, ben buna karşı gelemiyorum. Yıldız Abla "Aşk laftan anlamaz ki…" derken her şeyi özetlemiş. Bazen aklıma bir daha beraber olmayacağımız geliyor. İnan, o an dünyayı yıkabilirim. Seni kaybeder gibi olunca sahip olduğum hiçbir şeyi gözüm görmüyor. Sen harici her şey değersiz kalıyor. Sonrası darmadağın, paramparça… Ben de böyle bir deliyim işte. Yapacak fazla bir şey yok. Senin beni, benim seni sevdiğim kadar asla sevemeyeceğin zaten belliydi belli olmasına. Ama ben yine de ne bileyim, içimde sanki sarsılmaz bir his vardı. Ona, onu ne kadar sevdiğini kanıtlarsan belki bir gün o da seni sever hissi… Yanılmışım. O kadar da sarsılmaz değilmiş. Kimselere fazladan tek bir adım bile atmam şimdilerde. Sonunda beni de böyle birine çevirdin ya! Yok, mecalim kalmadı. Sahi sen bilir misin, bir insanın mecalinin kalmayışı ne demek? Bilemezsin! Ben, mesela senin benden bir şey istemediğin halde çok şey istediğini bilirdim.Öyle olduğunu sanır, ona inanırdım yani. Benim bildiğim tek gerçek; birinin sana verdiği değeri, seni hiç üzmemesinden değil de üzdüğü zaman buna kendinin sırf senden çok üzüldüğünü görebilmen için bir şeyler yapmaya kalkışmasından anlarsın. Yanılmışım. Deli gibi merak ettim, yeri geldi aslanlar gibi uğraştım ama her yerden engel yedim.

Ruhum, intiharın eşiğinde sanki.

Ben Artık Yokum

Ben de biliyordum, o kadar yanlıştan sonra hâlâ seni sevmek boşuna yıpranmak demekti. Ama kıyamadım işte, en sevdiğim yaramdın. Bana hiçbir umut bırakmadın. Ben buna kırgınım. Beni, öyle durduk yere gözlerim dolacak kadar önemsiz kılmanın sana ne gibi bir yararı dokundu? Cevabını hâlâ bilmiyorum.

Aslına bakarsan artık bilmek de istemiyorum. Sen bilir misin dizlerini büküp öylece yere yığılmak nasıl bir şey? Bilemezsin. Neden? Çünkü sen hep etrafa karşı dik durmak zorundaydın. O yüzden seni de anlıyorum. Biliyorum ben, senin için de kolay olmadı. Boş ver üzme kendini, senin canın sağ olsun!

İstenmediğimi hissettiğim bir kalpte olmaktansa binlerce kez Allah'a sığınırım. O yüzden seni sevmeyi ilk ve son defa terk ettim. Bundan sonra kim severse sevsin seni. Ben biliyorum ya hiç kimse benim kadar sevemeyecek, ruhuna dokunamayacak. Bu bana yeter, hatta artar. Ben artık yokum!

Kusura bakma ama bence senin sorunun tam olarak ne istediğini bilmemek. Ne istediğini bilmiş olsaydın, emin ol istediğini anlardım. Sahi neydi o altın kural? Mutlu edilmek istediğinde önce mutlu olması gerekmiyor muydu? Mutsuz ettiğinde ise mutsuz edilmeyi göze almıyor muyduk?

Kimilerinin sevgi anlayışı öpüşerek başlar, yatakta biter; benim gibi sevenlerin sevgi anlayışı ise yürekte başlar, mezarda biter.

Elinizden geliyorsa zamanınızı sizi siz olduğunuz için seven insanlardan yana harcayın. Sizde kalmaları için onları etkilemeniz gerekmeyenlere şans tanıyın. İyi kalpli kimseler kandırılmaya meyillidir. Sizi hiçe sayanlara sımsıkı sarılmaktan ve onlar da sizi sevsinler diye varınızı yoğunuzu ortaya koymaktan vazgeçin. Hatta ve hatta elinizden geliyorsa hiç kimseyi sevmeyin. SEVMEYİN ULAN SEVMEYİN. HEPSİ YALAN!

Beni kendinden kurtardın ya ne kadar teşekkür etsem az sana.

Sevgili okurum benden sana üç öğüt:

Her şeyin düzeleceğine inanarak dua et.

Her şeyi düzeltebileceğine inanarak mücadele et.

Ve bir gün tüm acıların biteceğine inanarak sabret.

"Sana İnanmıştım" Cümlesi Bir İnsanın Ziyan Oluşundan Bahsediyor

Kalbi kirlenmiş insanların kendilerine kolayca kullanabilecekleri birilerini aramalarından bahsedeceğim bugün sana. Onun amacı ta en başından beri belli. Amacı seninle yuva kurmak değil, seni koşulsuz sevmek de değil. Sana saygı duymak hiç değil. Sanma ki işler kötüye gittiğinde senin için savaşacak, mücadele edecek. Yapmayacak!

Maskesi düştüğünde kılını dahi kıpırdatmadan defolup gidecek hayatından. Sıkıştığında kaçmak onun uzmanlık alanı. Yıkmak ise en iyi becerdiği şey. Önce tabuları yıkıp kendine âşık edecek. Sonra da hayallerini yıkıp hayatını mahvedecek.

O; seni sahiplenmek, yeri geldiğinde korumak istemiyor. Sana sahip olmak, işi düştüğünde seni kullanmak istiyor. İlk önce gözüne girmeye çalışacak. Çünkü buna mecbur, bu planının bir parçası! İlerde kontrolünden çıkma diye.

Ne yapıp edip ona âşık olmanı sağlamalı. O yüzden seviyormuş rolünü oynaması gerekiyor! Sana güven vermesini bekleme. O,güven vermek ne bilmez. Sadece alabileceklerini hesaplar. Önce aklını alır; sonra bedenini ve ruhunu! Seni senden alır. Neye uğradığını şaşırırsın!

Geçmiş ilişkilerine değindiğinde sana hep lafta hayırsız, vicdansız, ruh hastası sevgilisinden bahsedecektir. Ama sonlarda anlayacaksın, o kişiyi de zıvanadan çıkardığını!

Sana bırakacağı tek şey: "Bundan sana hayır gelmez!" diyenlere karşı koca bir utanç borcu ile kalakalman. İşin en acı, tuhaf yanı da ne biliyor musun? Bundan emin olana kadar onu defalarca affedip, baştan sonra haklı olmana rağmen suçu yine de kendinde arayacaksın.

O, kendisini yine vazgeçilmez hissedecek. Aklına dahi gelmeyecek, asıl kırgınlığının onu kaybettiğine değil de ne bileyim... Ortada verilmiş onca emek var sonuçta. Yanılmak isteyeceksin. Kafan asla almayacak onun kalbinin, en büyük sevginin dahi düzeltemeyecek kadar zeval almış olduğunu.

Her yalana sırf bu yüzden inandığını kime, nasıl anlatırsın şimdi? Ama kendin tam da öyle olduğunu biliyorsun. Konuşmak gereken yerde susmak acıların en beteridir. Senin haykırışlarına sağır kalan birisinin, sustuklarını duymasını hiç bekleme. Geç ile çok geç arasında büyük bir fark var.

Eğer bir kadının sol göğsünün altında darbe yaptıysanız, o kadının yaşayacağı devrimlerin tek sorumlusu da siziniz demektir.

Gençliğimin Katiline

Eline resmen harfi harfine kullanma kılavuzu verdim. Ama iyiye kullan diye verdim, bana zarar ver diye değil. Nasıl yapabildin bunu bana? Söyle. Olgunluk seviyen bu işte; anaokulu terk. Sana güvenen, inanan, her şeyini anlatan birini nasıl olur da tam da bununla geçmişe sürükleyebilirsin? Korkarım bu sorunun cevabını asla öğrenemeyeceğim. Ama nasıl da korudu Rabb'im beni senden. O, beni sadece seninle sınadı, yâr etmedi senin gibi pisliğe. Geç de olsa içinde gizlediğin şeytanı ortaya çıkardı ya... Şimdi kendini iyi hissedip kendinle gurur duyabilirsin. Yine de merak ediyorum neyin kafasını yaşıyordun, tam da kendini en nefret ettiğim kişiliğe soktuğunda? Beni bitkin görmekle egon tatmin oldu mu sonunda? Seni rahatlattı mı beni kırmak, hayata küstürmek? Sana tüm zorluklara rağmen yalansız dolansız, her şeyiyle gelmiş birinin güvenini yerle bir etmek rahatlattı mı?

Beni kendinden vazgeçirecek noktaya sürüklediğin için teşekkür ederim. Tüm yaşanmışlıkları bir çırpıda silebilecek duruma getirdiğin için. Çünkü o noktaya gelmemek için ne kadar dayandığımı sadece ve tek ben bilirim. Sen verdiğim değeri ve emekleri hiçe sayarsın ben ise yaşanmışlıklara acımanı beklerim.

Zaman alışmayı öğretir ama unutmayı asla…

Tahammülsüzleştim

Bana inan, söz veriyorum ki bir gün, o büyük gün gelecek ve bazıları seninle geçirdiği vaktin aslında hayatlarının en güzel dönemi olduğunun farkına varacaklar. Hayat bu! Affeder mi hiç geç kalanı? Yeşerir mi hiç sulanmayan çiçekler? Gözlerin dolacak, yerime tercih ettiğin kişi seni olduğun gibi sevmeyi beceremediğinde. Benim seni özlemekten canım yanarken sen başkalarıyla gülüşüyordun, ne oldu? Kırıldığımı anlatacak kelime bulamazdım, hayat çok adaletsiz gelirdi bana.

Sen, günahların ile yükselirken ben iyiliklerim ile kalakalırdım. Bir aşama var. O aşamada haklı olmak umurunda dahi olmuyor. Zaten acı çeken sen olduktan sonra ne gibi bir anlam taşıyabilir ki? Oysa itiraf ediyorum: Buna rağmen hâlâ sende kalabilecek güce sahiptim. Tabii beni hayata küstürmeseydin. Sen kazanmakla yetinmedin, beni kendimden nefret edecek raddeye sürükledin. Bunun affı yok! Bunun telafisi yok!

Sonra bir şeyler oldu, tam olarak ben de bilmiyorum. Arkadaşlarımın, Hakan Özkan isminde birinin yazılarını beğendiklerini gördüm. Merak edip bakındım, kim bu adam? Adam, sanki yazılarında beni anlatıyordu. Sanki bana iyi gelmek için, sanki beni silkelemek ve gözlerimi açmak için gelmişti. Aynı acıları yaşayan insanlar arasında ince bir bağın var oluşundan bahsediyordu. Onlar, birbirlerini daha önce bir kez bile görmemiş insanlardı. Buna rağmen, o ince bağ sayesinde birbirlerini her yerde tanıyıp bulacaklarını iddia ediyordu. Bizim, birbirimizi aramadan bulmamızı da tamamen buna bağlıyordu.

Demek ki bu hep böyleymiş dedim. Senin gözyaşların üzerine kurulan her mutluluk, bir gün mutlaka mahvolmaya mahkûmmuş. Tam da böyleymiş: Hainlik yaparak gittikleri gönüllere, helallik istemek için dönerlermiş. İlahi adaletin bulamayacağı konum yokmuş. Herkesin, bir şeylerin farkına vardığı an farklıdır. Seninki, yanındaki kişinin kahrını benim gibi çekmediğinde, olumsuzluklara benim gibi katlanmadığında gerçekleşmiş. Benimki ise senin bu hâlini görüp, Rabb'ime beni sadece sınadığı ama senden koruduğu için dua ettiğim gece gerçekleşti. Seni artık sen gibiler sevsin. Allah seni ıslah etsin!

Kimi zaman her şey yoluna girmeden önce en kötüsünü yaşamak kaçınılmazdır.

Biz Geri Dönmeyecek Kadar İleri Gitmiştik!

Benimle son defa buluşmaya seni zorladığım günü hatırlıyorum. İntihar edecek biri bile uçurumdan atlamadan son kez manzarayı görmek ister ya, ona benzer bir şeydi benimkisi. İnan bana hiçbir buluşmamız öncesi bu kadar korkmamıştım. Çünkü artık bana gelişlerin ama bende kalamayışların, yerini sana gelemeyişlerim ama senden gidemeyişlerime bırakacaktı. Bilirsin sen de; sirenleri çalmayan bir ambulansa kimse yol vermez, Cem Adrian "*Beklemek şimdi hiç duymayan birine dünyanın en güzel şarkısını söylemek kadar anlamsız.*" derken resmen beni özetlemiş. İptal olmuştum. Bence her aşk, son bir vedayı fazlasıyla hak ediyordu. Arabaya binip ona doğru yola çıktığımda geçmişe dayalı o kadar çok kırgınlık vardı ki üzerimde... Anlattığımda hiç yaşanmamış sayılması için gözümü kırpmadan varımı yoğumu ortaya koyabileceğim derecede. Bu cümle öyle derin ki; içinde yok olabilirim. Tükenişimi okudukça anlamanız dileklerim ile...

Kaybettiğim yola sapmıştım, geri dönüşü yoktu, "Artık çok geç." demek için bile çok geçti. Hiçbir güç yolumdan caydıramazdı beni. Direncimi çoktan yitirmememin başlıca sebebi Allah'ın içimdeki çocuğu asla öldürmemesiydi. Her hayal kırıklığı sonrası "Acımadı ki!" dercesine bir sonraki sınava kendimi hazırlamama ön ayak oluyordu.

Onun ihtiyaç duyduğu şey, yatak odasına giden yola romantik bir ortam yaratmak amacıyla yerlere kırmızı güller serpmen değil. Sağa sola mumlar yakmanı da beklemiyor. O, senden pahalı hediyeler de istemiyor. Bunlar güzel şeyler, yapma demiyorum. Ama ilk önce ona bu dünyada en çok istediği şeyi vereceksin. Onun senden asıl istediği şey, şartsız sualsiz sana güvenebilmek. Dürüst ol istiyor, ahlaklı ol istiyor, edebini yitirme istiyor, temiz kal istiyor. Önce bunları bir yap, diğerleri kaçmıyor.

İlahi Adalet

Bir gün gelecek yaşattıklarının bedelini sana başkaları ödetecek. "Ben bunu hak edecek ne yaptım?" dediğinde aklına gelen ilk kişi o olacak. Yaz bir kenara. İşte sırf bu yüzden arkadaşım, kendine sorman gereken soru şu olsa gerek diye düşünüyorum: "Her şeye sahip bir kadın mı, yoksa seni iyi yerlere getirebilmek için elinden gelebilecek her türlü insani çabayı seve seve harcamaya razı, seni kendi canından bile çok seven kadın mı?" Unutma; seçimlerinin bedelini ilerde sadece sen ödersin, sana akıl verenler değil!

Demem o ki arkadaşım; düşüncelerine hâkim olmaya çalış. Çünkü bir ihtimal gün geldiğinde kafanda oluşturduğun olumsuz şeyleri konuşarak kusmak zorunda kalacaksın. Diyelim ki duygularına hâkim olmayı beceremedin. Bu sefer konuştuklarına dikkat etmek zorunda bırakacak sergilediğin beceriksizlik seni. Çünkü öyle sanıyorum ki onların da ilerideki davranışlarını etkileme potansiyeli oldukça yüksek olacak. Durum bu olduğunda ne olacak? Bu sefer davranışlarına da özen göstermen kaçınılmaz hale gelecek ve inan bana bir de bakmışsın davranışların alışkanlıklarına dönüşmüş. Eğer bu hatalar zincirlemesine, zamanında dur demeyi beceremezsen bir de bakmışsın ki alışkanlıkların haline getirdiğin şeylerin yerini ne kadar adam olduğunu belirleyen detaylar kapmış. Ne kadar adam olduğun ise bir nevi kaderinle eş değerdedir. Kısacası; adımlarını yanlış kadınlara atarsan, gün gelir hayat seni, "Allah göstermesin!" dediğin her bir şeyi canlı şekilde izletmeye mecbur bırakır!

Uyman gereken iki kural var;

Kural 1: Daha önce hiçbir erkeğin âhını almamış bir kadının âhını alacak kadar adileşme. Zira bu vebal çok büyüktür, son nefesine kadar seni takip eder. Talihsizlik denilen bir şey yoktur, aldığın vebalin yükü vardır omuzlarında.

Kural 2: Nereye gidersen git, kimle olursan ol asla son nefesine kadar Kural 1'i unutma!

Ya seni severek öleceğim ya da beni seven birinin yanında seni sevmenin bedelini ödeyeceğim.

Sevdiğin biri seni üzdüğünde hem içinden onunla tek kelime dahi konuşmak gelmiyor hem de gönlünü o alsın diye yazmasını bekliyorsun. Bizleri yoran, bu hale getiren hep bu ruh hali değil miydi?

Kimse Yaşattığını Yaşamadan Ölmez

Kimse, istisnasız hiç kimse, haksızlığa uğrattığı birinin değerini anlamadan ölmez! Yemin ederim ki ölmez. Sana zerre hak etmediğin şeyleri yaşatan kişi(liksiz) o kadar fesat, rolünü iyi oynayan bir düzenbazdır ki bazen şüphe edersin, ona bir şey olmaz sanırsın. Ama asıl böylelerin ensesindedir Allah'ın adaleti.

Ne kadar kıvrak olurlarsa olsunlar, ne kadar çabuk kaçarlarsa kaçsınlar Rabb'im asıl onlarla oynar. Bazen erteler, soluklanmalarına müsaade eder. Ama asla askıya almaz. Çektirdiklerini yanına bırakmaz.

Allah'ın verdiğini kimsenin elinden almaya gücü yetmez. Allah'ın aldığını da kimse geri veremez. Bil ki hayata yön veren kararlar çoğunlukla yeterince sınanmışlık sonrası alınan kararlardır. Bir de bakmışsın artık nerede yanlış yaptığını düşünmüyorsun. "Ben değil, o her bir şeyi yanlış yaptı ve ziyan etti" farkındalığına varıyorsun.

Bu aşama sonrası ona karşı güçlü bir zayıflığın resmen yok oluyor. Vasat sevilmektense hiç sevilmemekten yana oluyorsun. Çünkü artık kabullenmişsin, seni gram hak etmeyen birine harcadığın zamanın sadece israf olduğunu.

Güvensiz kalbini, yüreği zeval almış bir pisliğe borçlu olduğunu, o, hayatını mahvedip gittikten sonra anlıyorsun. Bonus olarak bir de utanmadan helallik istediklerinde görüyorsun nasıl karaktersiz biri için kendini mahvettiğini! Bir insanda her şeyden önce helallik isteyecek yüz olmalı, haysiyet olmalı, edep olmalı, ahlak olmalı.

Biri sana sürekli haksızlık yapıyorsa, hak etmediğin şeyler yaşatıyorsa ve sen buna sırf senden gitmesin, seni devamlı sevsin diye katlanıyorsan bilmelisin ki yapılan haksızlık sadece sana değil. Sen kimsin? Kiminsin? Sen Allah'ın kulusun! Sana haksızlık yapan kişi her şeyden önce sadece sana değil asıl haksızlığı seni yaratana yaptığını bilmeli. Hiç bu açıdan baktın mı? Neden böyleleri tam anlamında asla mutlu olamıyorlar?

Demem o ki prenses: İyi niyet iliklerine kadar işlemiş olsa dahi haksızlığa tepki vermen seni asla kötü biri yapmaz. O, iyi biri olmanı hak etmemiştir. Hepsi sadece bu.

Sana gelince paşası: Evet, herkes hata yapabilir. Ama senin yüzünden ağlarken bile yine sana sığınacak kadar güzel seven bir kadını elinin tersiyle kendi çaresizliğine doğru itmek... Kusura bakma ama bak bu aşama tamamen şerefsizlik. Tamam, sevmiyor olabilirsin ama sevmiyorsan oynamayacaksın. Doğuştan mı defolu yüreğin yoksa geçmişte başkalarının sana yaptıklarını hazmedemediğinden mi böyle oldun bilemem. Ama sen bilmelisin ki Allah her şeyi görüyor.

Her ne kadar dilimiz "Nasip değilmiş..." dese de kalbimiz "Allah'tan ümit kesilmez..." diye atar her zaman.

Sen Gibi Gitsem, Ben Gibi Sever Misin?

Bazı kadınlar var ki onların yüreğinin içine girmen gerekiyor. Çünkü kafalarının için zaten beterdir. Göknur, onlardandı. Hayat, onu hiç hak etmediği bir şekilde fazlasıyla yıpratmış, üzmüş ve kırmıştı. Bunu görebiliyordum. Onu toparlamaya gelmiştim, her şey iyi olacaktı. İyi ki vardım. Ona yalan gibi gelse bile bunların şaka olmadığına inandırmaya gelmiştim. Bir kişi için binini feda edebilecek kadar gözü karaydım. Onun yaralı olan herkesi, istisnasız herkesi iyileştirebilecek kadar temiz bir kalbi vardı. Ama gel gelelim ki kendine çare olamıyordu. Çünkü artık bir şeyler için çabalamaktan yorulmuştu.

Belki tıpta yeri yok, birinin tertemiz bir kalbe sahip olduğu biyopsi sırasında görülmez. Ama bunu erken görebilmek ve temiz tutabilmek de hayat kurtarır gibiydi. Bir gün umarım kırdığın kalp kadar kırılırsın, umarım ağlattığın kadar ağlarsın, umarım sevmediğin kadar sevilmezsin ve umarım mahvettiğin hayat kadar mahvolursun. Yaşattığını yaşaman dileği ile yükselen sitem etme isteğini, inanın hissetmenin vebalini yüklenemedim. Lakin kendimce bu vebal, veballer içerisinde ilk beşe kesin girer, hatta ilk üçü bile zorlardı. Uğradığı tüm haksızlıklara rağmen temiz kalpli kalabilmeyi becerebilen birini yolundan çıkarmak büyük bir günahtı. Üstelik bu insan, sırf sen kendine yeni bir hayat çiz diye kendi hayatının üstünü çizmiş birisiydi. Durum bu olunca, bazı şeyleri yoluna koymak için uğraştıkça ve yoluna koymaya çalıştığın şeylerin iyice yolundan çıkabilme tehlikesi ile karşı karşıya kalıyordum.

Onu ne kadar özlediğimi ve sevdiğimi yazdığım mektupları, ona daha fazla yollamayı çok isterdim. Lakin yâr deyince kalem elden düşüyordu. Son mektubumun içine boş beyaz bir kâğıt, kurşun kalem ve silgi koymuştum. Sadece ufak bir notla kısıtlamıştım kaderimi. Yazan da silen de sensin.

Hakan Özkan; artık griye boyanmış ve üzeri tütün kokan bir adamdı. Sigara paketini açtıktan yarım saat sonra çakmağı pakete sığdırabilen biriydi. Benim en korkulu dakikalarım, ondan gelecek tepkiyi beklemekle geçiyordu. Sanki hayallerim, daha kurmaya vakit bulmadan yıkıma uğrayacaklardı. Buna rağmen hissettirdiklerini seviyordum. Sanki her şey mümkünmüş gibi, sanki güzel sevilmeyi en çok Göknur hak ediyormuş gibiydi.

Resmen Ahmet Kaya'nın *"Uyku tutmuyor gözüm, anılar sıraya girdi."* dediği yerdeydim. Yine Ahmet Kaya'nın *"Bulup bulup yitirmekmiş."* dediği şarkısına sıra geldiğinde ise çoğu kez gözyaşlarımı tutamaz olurdum. Sigara ardına sigara yakar, gökyüzünü seyre dalardım, "Acaba Göknur da şu an balkonundan benim odaklandığım yıldızı görebiliyor mudur?" dercesine. Peki ya o da şu an Ahmet Kaya dinliyorsa? Mesela *"Bu aşkı sen kirlettin..."* sözlerinin geçtiği şarkısını...

Bazen olumsuz düşüncelere kapılırken buluyorum kendimi. Vazgeçmemiştim ama artık umut da etmiyordum. Oysa ben, düzeltmek yerine bitirmeyi tercih edenlerden olmak istemiyordum. "Ben, elimden geleni fazlasıyla yaptım ama olmadı." diyebilmenin vermiş olduğu huzuru yaşamam gerekiyordu. Lakin benim hem kendime hem de sevgime olan inancım tamdı. Yarı yolda bırakan bir insan olarak hatırlanmak istemiyordum. Çünkü yolun yarısında bırakılanların yolunu bulamayışlarını çok izlemiştim. Oysa ben sadece Allah'ın: "Al, bu da senin mutluluğun." deme şekliydim. Ben, sana *"Beni vur, beni onlara verme..."* diye yalvardıkça sen, hem beni vurdun hem de onlara verdin. Üstelik bunu her defasında hedefi ıskalamadan yaptın. Benim tek suçum, senin yanlış insana duyduğun, güvensizliği ve şüpheyi kustuğun insan olmamdı. Görüyorsun değil mi? Ben, benimle mücadele ederken yine kazanan sen oluyorsun. Burada yazılan tüm sözler şahsına aittir. O yüzden bana uykusuz gece borcun yok, helal ettim. İyi geceler olsun, koklayıp öpemediğim...

Nerede güzel sevilecek bir kadın varsa hepsini aşka küstürmüşler sanki.

İyi Ki Yoksun

Birilerine, ne pahasına olursa olsun, sırf kendini hatırlatmak için yorma. Senin, hayattaki tek sınavın kendinsin. Biliyorum, seni sevmese de vazgeçemiyorsun ondan. Ama sen de bil ki o kendini bir daha hiç kimsenin, senin onu sevdiğin kadar sevmeyeceğini bildiği hâlde vazgeçti senden. Bak, her şeyi unut ama bunu unutma!

İntikam alma konusuna gelince; gerçekten sevenin ahı tutar! Allah, herkesten daha yaratıcı. Ona bırak. Sen mesela; o gitti, bitti diye üzülüyorsun. Ama ya Allah onu hak etmediği kalpten çıkarttıysa?

Biz ayrılmadık, sen gittin!

Beni kendinden vazgeçirecek noktaya sürüklediğin için teşekkür ederim. Tüm yaşanmışlıkları bir çırpıda silebilecek duruma getirdiğin için. Çünkü o noktaya gelmemek için ne kadar dayandığımı sadece ve sadece ben bilirim. Sen verdiğim değeri ve emekleri hiçe sayarsın; ben ise yaşanmışlıklara acımanı beklerim.

Sevmeyenime

Beraber olduğun kişiyi hak ettiğinden çok sevmek, biten ilişki sonrası ona verebileceğin en kral cezadır. Düşünsene ömür boyu bir daha hiç kimse tarafından bu denli sevilmeyeceğini bilmenin hasarı ile yaşayacak. İlahi adalet onu her cezalandırılışında aklına ilk gelen kişi sen olacaksın, başkası çekemem senin kahrını deyip bırakıp gittiğinde ve o her terk edilişinde, her yıkılışında aklına hep ilk seni getirecek. Ona sadece ve sadece keşkeler ile kalakalmak düşecek. İşin garip yanı bunu duyduğunda bile ona yine belki de en çok sen üzüleceksin. Kabul etmeyeceksin, edemezsin o fırsatın yok olmuş. Ama öyle güzel sevmişsin ki sana ettiği onca şeye rağmen yine de ona üzülüyorsun, keşke böyle olmasaydı diyorsun.

Resmen ne halim varsa görmüş gibiyim…

Üzülmesine dayanamadığı insanın canı yansın istedim. Beni nasıl yaktıysa o da öyle yansın. Bir gece yarısı içi sızlasın istedim...

Öğrendim Ki...

Seni hak etmeyen birini sevdin diye ilk önce kendini affetmeyi öğrenmelisin. Bazen, Allah kurduğumuz planları yerle bir eder, onlar bizi yerle bir etmesin diye. Ancak bunu tamamen kabullendiğinde ilerleyişini de sonunu da Allah hayır eder.

Biri kaderinde varsa Allah sana bunu hissettirir. Bak, her şeyi unut, ama bunu tut: Kaderinde varsa kovsan dahi, Allah, birbirinizin kaderi siz olduğunuzu anlayana dek yollarınızı kesiştirir. Ne sen başkasına bir adım atabilirsin ne de o. Ama yoksa ne yaparsan yap Allah, ne seni ona ne de onu sana nasip eder. Nasiple kavga edilmez. Kazanamazsın.

Şimdi diyeceksin ki: "Üstat sen gel bir de geceleri bana sor. Özlemek, inan ki yaşamaktan daha zor. Sahi neyin kafasını yaşıyorsun sen?" diyeceksin. Bir aşama var, kaybetme korkusu falan değil. Daha çok, zamanında kazanmak uğruna yığınla emek verdiğin şeyden vazgeçme zorunluluğu.

Eskiden içim ölürdü de içimdeki yine ölmezdi. Bilemezsin tabii sen bunları. Ama ben artık arkamda bıraktığım köprüleri yıkacak kadar deliyim. Niye biliyor musun? İlerlemekten başka çarem kalmasın diye. Sen de öğrensen iyi olur! Farz et ki onun düzeleceği düşüncesini kafamdan attım. Önemsedikçe yitirdim ben.

Öğrendiğim bir diğer şey de şu: Demek ki yaşadığım her şeyin bir anlamı varmış. Siyah veya beyaz. Belki beni boğdu, belki bezdirdi, belki kırdı, belki yordu, belki de sadece üzdü.

Ama hepsi beni ben yapan yapbozun birer parçasıydı. Benzeri acıları yaşayan insanlar arasında ince bir bağın var olduğuna inanıyorum. Onlar birbirini daha önce bir kez dahi görmemiş olsalar bile dünyanın neresinde olurlarsa olsunlar o bağ sayesinde birbirlerini tanır ve bulurlar diye düşünüyorum. Tıpkı bizim birbirimizi tanıyıp bulduğumuz gibi. Demem o ki; yeterinden fazla uğraştıktan sonra olur da içine bıkkınlık düşerse umudunu yitirme. Allah, kalbini kirletmeyenlerin içinden o hissi alır. Fırtına koptuysa eğer boşuna sakinleştirmeye kalkışma; sadece ve sadece kendini sakinleştirebilirsin.

Ayağa kalktığın zaman da kişiliğini kaybetme. İçindeki en son kıvılcım sönmeden, başka biriyle konuşmaya, görüşmeye başlama. Kendimi düzelteyim derken hiç tanımadığın birine farkına dahi varmadan, umut vermiş olursun. İçini bilmediğin birinin ahını alırsın. Hesabını veremeyeceğiniz işlere kalkışmayın, öteki tarafta bulaşık yıkatmıyorlar bilin istedim.

Bir de kimseyi değerinizi anlasın diye hayatınızdan çıkarmayın. Bunu anca kendi değerinizin farkına varabilmek için yapın. Geçmişte yaptığınız seçimler için kendinizi affetmelisiniz ki geleceğiniz zehir olmasın.

Niye Kaybettim Biliyor Musun?

Sürekli sevdiğimi söylediğim için kaybettim. Haklı da olsam özür dilediğim için kaybettim. Benim için uğraşanlara: "Sevdiğim biri varken seninle böyle konuşmam doğru olmaz. Ben onu seviyorum. Ona böyle bir şey yapamam." dediğimden kaybettim.

Belki de en büyük hobimdi, beni hak etmeyen sana değer verip sonunda mal gibi ortada kalmak. Bazen, sevmek yetmiyormuş, çokça sevmek dahi yetmiyormuş. Değiştin. Çünkü sana gereğinden çok değer verdim. Şimdilerde her sabah uyanıp seni hâlâ unutmamış olmama küfrediyorum. Daha önce kalbimde kimse bu denli yer edinmemişti. Bari bunu yitirmeseydin. Sen sadece "beni kaybetme" konusunda hep kazandın.

"Artık çok geç!" cümlesinden daha kötüsü yoktur hayatta.

Bu da Benim Kendime Notum

Ben, sana her daim "Şartlar ne olursa olsun seninleyim ve her zaman seninle kalabilmek için çabalıyor olacağım." hissi verme derdindeydim. Bana göre birine verilebilecek en büyük değer budur. Güzel seven insanların hayatlarında "Ne diyebilirim ki?" denilen bir dönem vardır. Güzel sevmenin kaçınılmaz bedeli tam da bu. Yine de Allah kimseye yaşatmasın. Ben bu bedeli sana inanarak büyük büyük ödedim. Ne yaparsın? Başa gelen çekilir. Üstüne alınma lütfen. Sana kızmıyorum, sadece kendimi sorguluyorum. Sahi neydi o meşhur cümle? Sen iyi bilirsin bu işleri. Sonuçta uzmanlık alanın. "Her koyun kendi bacağından" doğru mu? Bildim. Bak sen de bana bir şeyler öğretmişsin. Şimdi kendinle gurur duyabilirsin, her zamanki gibi. Yakıp yıkan da sen, pişman olduktan sonra enkazın altında kalan kendinmişsin gibi davranan da sen. Sen busun işte. Ben bedelini ödedim. Küçük hesaplarla işim olmaz. Üstü kalsın, başımın gözümün sadakasıdır.

Bir insan hayatında en az bir defa her şeyi yıkmalı, yeniden başlamak için hem de hiçbir şey düşünmeden, ardına bakmadan.

Herkes yerini kendisi belirler. Hayatta yaptığınız seçimler veya sergilediğiniz davranışlar sizi bir yerlere getirir. Birinin hayatında olduğunuz zaman çok değerli olmak da size kalmış; onun değerini, kıymetini bilmeyip heba etmek de. Kimse karşısındakini hatasız diye silmeye kalkmaz.

Suç Bizde!

İddia ediyorum ki sosyal medya kullanan herkes: "Değerini bilmiyorsa onun için mücadele etmenin anlamı yok." ve benzeri cümlelere çok rastlamıştır. Burada anlamayacak hiçbir şey yok. On iki yaşındaki çocuk dahi almıştır mesajı. Ama o işler öyle olmuyor maalesef. Giden küsmek ve darılmak için bahaneler ararken; kalan sevmek ve sevilmek adına çareler üretmeye yoruyor beynini. O kafanın yapısı da bu işte, yapacak fazla bir şey yok. Sorunu çözmüyorsunuz, sadece süreci uzatıyorsunuz. Daha geçenlerde ilaç endüstrisi ile alakalı bir belgesel seyretmiştim. Belgesel, ilaç firmalarının amansız bir hastalığa yakalanan hastalarının, o hastalıkla daha uzun yaşamalarına çare arayışlarının asıl hastalığa çare bulmaktan çok daha fazla önemsediklerini anlatıyordu. Durum bu kadar vahim. İşin garip tarafı tam da bu işte. Bazen, onunla mutsuz olacağını bal gibi bilirsin yine de her şeye rağmen onunla olmak istersin. "Hiç gelmeyecek biri sevilir mi?" diyenler mutlaka olacaktır. Hiç gelmeyeceğini bildiğin birini devamlı sevebilmek tamamen edep işidir. O yüzden fazla kasılmayın böylelerine. Bu pek de doğru olmayabilir; hatta bu, yanlış bir tercih veya bir hata olabilir. Yeter ki Allah, ahlakımıza zeval vermesin. Bu önemli!

Bu işler bazen böyledir işte. Kendini: "Ya Rabb'im, imkân ver tüm bu imkânsızlıklarıma." diye biten bir duada bulursun geceleri. Ama inanın bana bu, kendini teselli aradığın bir yabancının kollarında bulmaktan daha iyidir. Şarkıcı Güllü "Ağlamam Ondan" şarkısında ne demiş:

Böyle gözyaşı dökmezdim
Böyle eriyip gitmezdim
Sevdim diye kandırdı ya
Yıllarımı harcadı ya
Ondan ağlamam ondan...

Bazen yazar yazar silersin, elin bir türlü gönder butonuna gitmez. Oysa sadece "Ben seni, beni ağlat diye sevmemiştim!" yazmak gelir içinden. Anca yolladığında rahatlayacaksın, derin bir nefes alıp rahatladığını hissedeceksin. Çünkü sen, anca o mesajı yolladıktan sonra kendin olabilip özüne döneceksin. Bakın bu aşama berbat. Öyle böyle değil. Birini çok sevmiş olanlar iyi bilirler, Allah kimseyi bu raddeye getirmesin. Bu birini çok sevmeyi, en ağır şekilde ödeme biçimi gibi bir şey olsa gerek diye düşünüyorum.

İnsan, kimi zaman o kişiye değil, adeta anılarına, yaşanmışlıklarına kıyamıyor işte. Verdiği emeklere yanıyor ki bu tuhaftır ama bazen bu böyledir işte. Hatta seni üzen insana sarılıp ağlamak istersin ama bu daha da tuhaftır. Sen, kaybedecekse iyi niyetinden kaybetmeye meyilli koca bir yüreğe sahipsin. Ortalama bir sünepe, çıyan olmayı konduramıyorsun kendine. Seni rahatlatan tek şey ise hakkın her zaman yerini bulacağına olan inancın. Senin suçun ne onu da tam olarak bilmiyorsun o da apayrı bir dert! Tek bildiğin böyle olmaması gerektiği. Demem o ki; sırf biri sana soğuk davranıyor diye gözlerin dolacak kadar birini önemseme hissi keşke yüreğimizden alınabilse. Emin olun bu ameliyatı yapabilen bir cerrah var olsaydı, köşeyi dönerdi. Net bilgi! Keşke bu his yerine güzel şeyler olmasını dikebilseydi diyorum. Böyle; kendiliğinden oluşan, insanı hiç yormadan, şüpheye düşürmeden, üzmeden, boş yere umutlandırmadan... Keşke bize küçücük dozda umut verenlere her şeyimizi verebilecek kadar sıradan bir serseri stilimiz olmasaydı.

Suç bizde! Orası kesin. Yanlış insan olduğunu bilmemize

rağmen o kişiyi ısrarla doğru yere koymaya çalışıyoruz. Bırakın bu da bizim ayıbımız, yenik zaferimiz olsun. İşte değindiğim stilinin hayata yansıyış şekli tam da bu. Biz kavuşamayacak olduğumuzu gayet iyi bilmemize rağmen veda etmeyi bir türlü beceremeyenlerdeniz. Bu gerçeği anca yaşayanlar bilir. Sınanmadıkları acılar üzerine konuşmaya başkalarının hakkı da olmamalı. Bizim, belki de tek kusurumuz önce kendimizi, sonrasında bize iyi gelenleri sevmemiz gerektiği sıralamasını ciddiye almayışımızdı. Yine de Allah biliyor ki tertemiz sevdik. Bu hayatta en büyük kaybedenlerin bizi bekleyenler olduğunu bile bile sevdik.

Biz belki de bu denli sevdik. Kim bilir? Belki de bu hayatta becerebildiğimiz tek şey buydu. Yorulunca demeyeyim de değmediğini görünce insanın içi kor gibi yanıyor.

Rabb'imin tüm eksiklerimizi, kusurlarımızı ve ayıplarımızı örtüp korku ve endişelerimizi güven ve huzura çevirmesini dilerim. Dilerim ki Allah bizi sevdiklerimizin ebedi yokluğu ile sınamasın.

Arnavut kaldırımlarına hayran kalıp çıkmaz sokağa girmek gibiydi seni sevmek.

Senin Gibi Sevilmek İçin Nelerimi Vermezdim Ki

Bazı insanlar seni, sen onları sevmeyi bıraktığında sevmeye başlayacaklar. Senin değerini, kıymetini anca hayatlarından çıktığında anlayacaklar. Ne kaybettiklerinin farkına, sen tüm gücünle ona destek olmadığında varacaklar.

Sırf o üzülmesin diye gözünü dahi kırpmadan varını yoğunu ortaya koyan biri kalmadığında; kimse, onlara dünyadaki en büyük sevilen kendileriymiş hissi veremediğinde anlayacaklar.

Uzun uzun mesajlar yazmaktan vazgeçtiğinde anlayacaklar. Arada bir, sadece kendilerini hatırlatma amaçlı attıkları mesajlara sessiz kaldığında anlayacaklar, seni sevdiklerini.

Bazı insanlar asla anlamayacaklar, senin onu ne denli sevdiğini. Ta ki kendilerini bir daha hiç kimsenin sen kadar çok sevmeyeceği hissine kapılana kadar. Senin, onda seve seve katlandığın şeylere, senden sonra tanıştıkları ya da senin yerine tercih ettiği kişiler katlanmayacak. Hatta kendileri ile alay edecekler. Sonra vicdanı ona fısıldayacak, sizi mahvedenin kendisi olduğunu anlayacak. Sen kendini harap ettin biliyorum.

Onu, hayatın beraberinde getirdiği kötülüklerden uzak tutabilmek için çırpındın, kendini feda ettin. Ama her insan mutlaka kendi hatasını yapmalı. Gitmelere meyilli birini, ne yaparsanız yapın yanınızda tutamazsınız. Bırakın düşsün. Öğrensin.

Can Yücel'in dediği gibi:
"Seveceksen yalnız kaldığında aklına geleni değil, hiç aklından çıkmayanı seveceksin!"

Bazen Birinin Seni Sevmesine Anlam Veremezsin

Ne kalmayı ne de gitmeyi becerebilen; ne sahip çıkabilen ne de bırakabilen birini sevmiş olanlar iyi bilirler bunu. Bazen, hayat insana hak ettiğini değil hak etmediğini verir. Elinin tersiyle iter, istemezsin. Karşındaki, seni, kendini beğenmiş sanır. Bilmez aşka küstürüldüğünü, tahmin edemez severken vazgeçtiğini. Varsın öyle bilsin dersin. Anlatmaya mecalin kalmamıştır. Hem neyi anlatacaksın? Hak etmeyen birine defalarca şans vermek, düzeleceğine inanmak istemek dünyanın en acımasız zaafıdır. Karşılığını alamamak değil, yaptıklarının görülmemesi seni bu hâle getirmiştir. O kadar temiz kalplisindir ki kendin hak ettiğini alamayıp üzüldün ya, başkası da üzülsün istemezsin.

Yanlış yolda olduğunu biliyorsun ama çok ilerlemişsin. Ne geri dönebiliyorsun ne devam edebiliyorsun. Ve bazen geç de olsa anlarsın ki; hayatta herkesten çok istediğin insan, aslında seni en az hak eden insanmış. Bu farkındalık sonrası eski sevdiğine şöyle bir iyice tekrar tekrar bakınırsın ve kendine: "Allah'ım ben böyle birini zamanında böylesine severken, bana yakın olmasına müsaade ederken acaba neyin kafasını yaşamışım?" diye sorarsın.

Sen gittin!

Çektin gittin! Benim ne halde olacağım umurunda bile değildi.

Allah'a kulluk etme çabanızı noksansız yerine getirseniz, en acılı günlerinizde bile onun gücüne inanarak ona sığınırsanız, o da size insanların sadece maskelerini değil, ardındaki gerçekleri görmenizi de mümkün kılar.

Bu Aşamaya Dikkat!

Daha önce hayal kırklığına uğramış, rencide edilmiş, hayalleri yıkılmış, küçük düşürülmüş biri için tekrar birine güvenmek, yeniden sevmek bir hayli zordur. Bu insanların yeni bir tanışma sürecinde yaşadıkları, kaçınılmaz beş gerekçeden bahsedeceğim.

1.Mesafeli davranmayı tercih ederler.

Senden hoşlansalar dahi bunu mümkün olduğu kadar sana belli etmemeye çalışırlar. Israrla "Ben, onlar gibi değilim!" desen de bilmelisin ki onlar en büyük yaraları tam da senden önce bunu iddia eden şeref yoksunları tarafından almışlardır. Aradaki mesafeyi anca istikrarlı şekilde onun sana güvenebilmesini sağlayarak azaltabilirsin. Bu da sabır ve emek ister. Gerçekten istiyorsan zaman tanıyacaksın.

2. Bağıra bağıra susarlar.

Daha önce hayal kırıklığına uğramış biri, hayatının dersini fazlasıyla almıştır. Belki de senelerce asla gelmeyeceğini bildiği birini beklemiştir. Hem de kendini hak etmediğini bile bile. Beklemiştir çünkü yanılmak istemiştir. Sana bunu der mi? Demez. Niye demez? Çünkü bir gün başına kakmandan korkar. Sabrın tükendiğinde oradan vuracağını bilir.

3. Öncelikleri farklıdır.

"Ama canım, ben seni seviyorum." cümlelerini yemezler.

Onlar sevildiklerini değil, hak ettiklerini hissetmek isterler. Kafasını yaslayacakları bir göğüs değil, dayayacakları bir omuz ararlar. Kanadı kırık minik kuş misali çırpınıp dururlar. Yarasını sarmayı becerirsen sen kazanırsın. Daha iyileşmeden avuçlarına alıp uçurmaya kalkışırsan kanatlanmaz, düşer! Sıradaki hamlen buysa vay senin sıfatına! Mesele aradaki hamleyi iyi oynamak değil ki. Mesele; iyileştirmekte. Uçup gitse dahi. Bu hayatta her şeyi unutursun, minnet hariç!

4. Şüphe içerisindedir.

İnsanlar, ilişkilerde hatayı nerede yaparlar? Birini kendilerini âşık ettirdikleri davranışları, "Bu nasıl olsa cepte." deyip kestiklerinde. Senden önce böyle şey yaşamış olan herkes, istisnasız herkes, kurgular yaratır kafasında. "Bu şimdi bana neden böyle bir güzellik yaptı?" Akıllarına gelen ilk şey ister istemez: "Acaba beni kullanmak, kandırmak mı istiyordur?"Kendisinden beklentin olduğunu düşünür! Ancak hiçbir beklentin olmadan sevdiğini hissettirebilirsen bu sorunu yok olur.

5. Kendi kurallarını koymak isterler.

Seni tanıma konusunda sanki isteksizmiş gibi gözüktüğü zamanlar mutlaka olacaktır. Bu, seni merak etmiyor veya senden hoşlanmıyor demek değildir! Bu, geçmişte yaşadığı ağır haksızlıkların, kırgınlıkların bıraktığı tereddüttür. Fazla kasılma yani. Seninle alakası olmayan şeyler. Yanlış kişiye atılan doğru adımdan dolayı cesaretlerini yitirmişlerdir. Duvar örerler. Aslında çok şey vermek isterler ama parça parça verirler. Sevgiye, ilgiye boğmak isterler ama yarı yolda bırakılmaktan ve tekrar başladıkları yere dönmekten korkarlar.

Benim hayranlarım yok, satırlarım arasında kendini bulan dostlarım var.

Bu Senin Gerçek Yüzün!

Beni sen kırdın, sen dağıttın. Resmen yerle bir ettin. Şimdi kalkmış bana utanmadan hesap soruyorsun. Kusura bakma ama sen nasıl bir insansın anlayamadım ki? Bence şimdi beni kimin toparladığı, kimin onardığı hiç ama hiç umurunda olmamalı. Benim bu hayatta şimdiye dek belki de her şeyden çok istediğim şeydi senin tarafından sevilmek. Uğraşmadı diyemezsin! Varımı yoğumu ortaya koydum. Gururumu ayaklar altına aldım. Hani senin şu kendini vazgeçilmez sandığın dönemler var ya. Kılını dahi kıpırdatmadın, benim ne halde olduğumu merak etmedin, çektiğim zorluklar zerre umurunda değildi. Ne denediysem olmadı, seni unutamadım. En kötüsüne neydi biliyor musun? Beni anlayacaklarına inandığım kişilere seni anlattığımda: "Unut gitsin, önüne bakmalısın, değmez böyle biri için." dediler. "Onun için önemli olsaydın o da seni merak ederdi. Ne yapıp eder bir yolunu bulup sana ulaşırdı." dediler. Haksız da sayılmazlardı aslında. Sevdiğimi beklerken bekleyişimi sevmelere belki de çoktan alışmıştım. Bu çok acı. Biten her şey için ağlıyordum, kafam almıyordu o süreçte hiçbir şeyi. Kendini o kadar boş ve hayata yenik hissediyorsun ki... Onun aklının ucundan dahi geçmiyorsun. Zaten iyi biri olsaydı seni ağlatmazdı. Seni ittiği çukurdan çıkartmasını bekliyorsun. İlla o çıkartacak! Başka el uzansa tutmuyorsun. Sen, onu hayatının merkezine; o ise seni hayatının kıyısına köşesine yerleştirmiş. Sıkıntı haliyle büyük. Kim bilir belki de beni çoktan unuttun, hatta yerime başkasını koydun. Bilemem.

Güzel bir kadının yerini başka bir güzel kadınla doldurabilirsin. Ama seni bu denli seven bir kadının bıraktığı boşluğu kolaylıkla başka biri doldurabilir mi? Bak bunun üzerine bir düşün derim. Gerçi zaman sana bunu da öğretecek!

Bu arada merak ediyorsan söyleyeyim. Ben hâlâ bekliyorum. Ama seni değil. Bir gün senin de benim kırıldığım yerden kırılmanı bekliyorum. Bir gün senin de benim gibi ziyan olmanı istiyorum. Bir gün kendin gibi birine denk gelmeni istiyorum. Hiçbir şeyin kıymetini, değerini bilmeyen, kendinden başkasını düşünmeyen... Bekliyorum, hep de bekleyeceğim. İlahi adaletin yüzüne tükürmesini bekleyeceğim.

Sen sanıyorsun ki tüm kapılar yüzüne kapansa dahi gidecek bir kapın var. Döndüğünde her şeye rağmen sana kıyamayacak, sana kucak açacak bir bekleyenin var. Acı insanı büyütüyormuş. İnsan bu hayatta belki de her şeyi affedebilir ama gösterdiğin uğraşı, hiç gücün yokken bile bir yerlerden güç alıp çabalayışının kıymetini bilmemenin affı yok. Yarınlar geç kalmakla meşhurdur. Ben yokluğuna alıştım, böyle iyiyim.

Demem o ki: Artık eskisi kadar kasılmıyorum. Hayatımın anlamına denk geldim derken hayatımın yalanına denk geldiğimin farkına vardım. Bu aşama son, burası son durak.

Sen bir daha hiç kimseye güvenemiyor oluşuma sebepsin. Bana daha ne yapabilirsin ki söyler misin? Başta ne güzel kendini muhteşem gösterdin. Sen beni sevmedin, sadece seviyor rolü oynayan profesyoneldin. Oysa sana güven sorunum olduğunu defalarca söyledim, ne aptalmışım! Resmen kullanma kılavuzumu eline vermişim. Güvenimi kazandın, hayatıma girdin sonra da yerle bir edip çekip gittin. Oysa tam Cindirella Story'im başlıyor sanmıştım. Uzun sürmedi, beni elde ettikten hemen sonra masken düştü.

Bu işin kuralı ne biliyor musun? Bir kadını elde etmek için harcayacağın uğraşın daha fazlasını onu elinde tutabilmek için harcaman. Ancak sen yapmadın.

Biraz klişe bir cümle ama zararın neresinden dönersen kârdır. Ben senin back-up'ın değilim. "El altındaki nasıl olsa ne zaman istersem dönerim." diye düşündüğün kişi de değilim. Elindekinin kıymetini bilmek için illa kaybetmene gerek yoktu. Sen sadece kurallara karşı gelmedin, beni aynı zamanda kendinden nefret etme eşiğine de sürükledin.

Vereceğin cevap her neyse artık pek de umurumda değil zaten. Ama şunu bil, bir kenara yaz isterim; senin kırdığın kanatlar iyileştiğinde ben asla tahmin edemeyeceğin derecede akıllanmış, tekrar güçlenmiş olacağım. Daha yükseklere kanatlanacağım, özgürce göklere yükseleceğim. Göreceksin. Sen nerede hata yaptın biliyor musun? Uçuşuna hayran kaldığının sırf sende kalsın diye kanatlarını kırmakla hata yaptın. Sen ise aldığın ahı ömür boyu yanında taşımaya mahkûm kalacaksın. Ne zaman başına bir iş gelse ilk aklına gelen benim ismim olacak. Karakterin zeval almış senin, kişiliksizsin.

Kıymeti Bilinmez

Seni tam da yerini dolduracak kişi araması başarısız sonuçlandıktan sonra özlemeye başlar. Aramış bulamamıştır. Sen gibi kendisini karşılıksız büyük beklentileri olmadan masumca tertemiz seveni. Böylelerine hayatına her istediklerinde ellerini kollarını sallaya sallaya hiçbir şey olmamış gibi tekrardan dönme fırsatı tanımayın. Çünkü böyleleri yine en ufak şeylerde kaçar, tekrar başka arayışlara atılırlar. Seni seven, seni isteyen emek verecek, uğraş gösterecek. Gerçekten pişman olduğunu sana hissettirecek. Kolay elde edilen hiçbir şeyin kıymetini bilinmez. Seni seviyorum diyene değil, sana seni sevdiğini kanıtlayana tanıyacaksın o şansı.

İlişkisi yeni bitmiş bir erkeği çok rahat ayırt edebilirsiniz. Bu vakalara genelde çok güzelmiş gibi gelir mutlaka. Karşı cinsle konuşma halindedirler. O dalların kırılacağını söylemenize gerek yok. Gün gelince mutlaka düşerler.

Sana Şimdiye Dek Yaşadıklarımı Anlatmama Rağmen Tam da Oradan Vurdun Beni

Sana o zamanlar bana yaşatılanları anlattığımda inandığım tek şey senin bunları bana yaşatmayacağındı. Güvenmek istedim sana. Ne bileyim, iyi birine benziyordun. Şimdiye dek tanıdıklarımdan daha delikanlı sanmıştım. Yeri geldi sana içimi dökmek istedim. Hani beraberiz ya, yaşadıklarımı bilmek hakkın ya, neden uzun süredir bir birlikteliğimin olmadığını bilmek... Aklımın ucundan dahi geçmezdi aynı kâbusu yaşayacağım. Sana tüm hayat hikâyemi anlattım; eksiksiz ve rötuşsuz. Bunu ilerde bana karşı kullan diye yapmadım. Bana acı diye de yapmadım. Sadece dürüst olmak istedim. Gün gelir dürüstlüğümü takdir edersin, kıyamazsın sandım. Nereden bilebilirdim ki seninle dertleşirken aslında dertleşmediğimi; senin eline koz verdiğimi. Ben aptal gibi her şeyi bilmek isteyişinin sebebini ilerde daha da mutlu olabilmemiz sanmıştım.

"Önce insanlara güvenmeyi öğrendim. Sonra bunu bir daha yapmamam gerektiğini..."

"Suç Bende!" Demeyi Çok Görme Ona; Ne Dese Haklı

Hayır, küçük hanım. Öyle bir dünya yok. "Bu kız kafayı sıyırmış. Kaç defa arama, yazma dedim anlamıyor. Numarasını sildim, engel koydum hâlâ daha bir yolunu bulup arıyor. Allah'ın manyağı!" deyip bulunmaz Hint kumaşıymış gibi davranacak. Yemin ederim ki şimdiye dek davrandığın gibi devam edersen asla daha değerli olamazsın. Sadece onun gözünde basitleşirsin. Her daim "Ne zaman istersem dönebilirim" diye düşündüğü el altındaki kız kalırsın. Bunun ötesi yok! Yapma bak, yapma diyorum sana. YAP-MA... Bakın basit birkaç örnek: Diyelim ki bir yere gidiyorsunuz ve bir şeyler alıyorsunuz. "Aha kandırılmışım. Tüh keşke almasaymışım!" Kendinizi kazıklanmış hissediyorsunuz. Bir daha oraya gider misiniz? Sanmıyorum gideceğinizi. Kuafördesiniz, saç renginiz tutmamış. Kesimin uzaktan yakından istediğinizle alakası yok. Fön çekerken saçınızı yakmış ve pahalı da. Adam, size verdiği sözü tutamamış. "Abla, yine bekleriz!" dediğinde ne yaparsınız?

Yemin ediyorum bana bile bıkkınlık geliyor, sizden gelen bazı mesajları okuduğumda. "Vay be!" diyorum. Oysa ne kadar güzel bir kız. Adamdaki lükse bak demekle kalakalıyorum. Hayat işte bazen tam böyledir. Bazılarına sadece gülmekle yetinmez, resmen kahkaha atar. Öyle ya kim istemez ki böyle büsbüyük sevilmeyi? Ama gel gör ki farkında değiller, henüz değiller. Belki bir gün varırlar o farkındalık noktasına, diğer tüm kapılar yüzlerine kapandıktan sonra. Ama o vakit sen çoktan ne kadar uğraşırsan uğraş asla değmeyeceğini fark ettiğin seviyeye fırlatılmış olacaksın. Kin tutma seviyen çok ürkütücü olacak.

Şu satırları okuduktan sonra, bana kalırsa bir anda ortadan kaybolup hiç dönmemek için harika bir an. İnsan, hislerini bir kenara bırakamayınca gerçekleri göremiyor. Ona gelince; o da mutlaka pişman olacaktır. En geç, zamanında değerini bilmediği senin değerini, bir başkasının fazlasıyla bildiğine tanık olduğunda pişman olacak. Bakın, ben her zamanki gibi her şeyi açık ve net bir şekilde yazdım ki bunu hep böyle yapmıştım. Tüm yazılarıma tekrar göz atın derim. Hepsinde bir insanın her şeyden önce bir şeyi hak etmesi gerektiğine her seferinde ısrarla değinmiştim. Bunda anlamayacak ne var? Adam, size yapmadığını bırakmamış. Siz hâlâ seviyorsunuz. İyi, güzel seviyorsunuz ama neyi? Sizi aldatmasını mı? Hiçmişsiniz muamelesi yapmasını mı? Durmadan yalan söylemesini mi? Uğraş göstermemesini mi? Hatalı olmasına rağmen özrü sizden bekliyor oluşunu mu? Sahi seviyorsunuz, tamam da neyi? Bence böcek olmayı kabullenin. Böceğin ezildiğinde şikâyet etme hakkı yoktur. Her şey ortada. Daha ne olması gerek, iyice emin olabilmeniz için?

Sen, ısrarla yanılmak istiyorsun. Tüm sorun bu aslında. Yoksa sen de her şeyin farkındasın, hem de bal gibi. Bakın, mümkünse sevdiğiniz insanlara güvenmek yerine güvendiğiniz insanları sevin. Olumsuzluklar ve ters giden şeyler sadece bir şeyleri değiştirme zamanının geldiğinin habercisidir. Atacağın ilk adımın ne kadar büyük olduğunun pek de önemi yok aslında. Asıl önemli olan hayatına yön verebilmektir, seçeceğin yolu belirlemektir. Güven, sevgiden çok ama çok daha fazla önemlidir. Mesela sevdiğiniz insan sizi hayal kırıklığına uğratabilir. Ama güvendiğiniz insan, saçınızın teline zarar gelsin istemez. Ben, güvenmeyi bina inşa etmeye benzetiyorum. Binayı yapması aylar sürüyor, yıkması sadece saniyeler. Yerleştir mayını, bas düğmeye. Bom! Yıkık bir binayı restore etmek çok zaman alır. Bazen yerine yenisini dikmek gerek.

Tekrar birine güvenir gibi olduğunda en son güvendiğinin sana neler yaşattığını hatırla.

GAME OVER!

Onsuz yapamayacağını bildiğin bir kıza karşı kafanda şeytanın bile aklına gelmeyecek senaryolar üretip sonrasında da kurduğun bu düzenbazlığa, oyunlara onu dâhil edip kızcağızın haksız yere günahını alma. Bir de bu oyunu kazanacağını hiç düşünme. İlk bakışta kazanacak senmişsin gibi gözükse de oyun uzadıkça kaybeden olduğunu göreceksin. İnkâr iyidir, bir yere kadar seni idare eder.

Başta hissedersin üzüldüğünü, seni düşündüğünü, sensiz yapamayacağını, seni unutamayacağını… Anlık tatmin olur egon, zevk alırsın bu oyundan. Ama unutma boks müsabakalarında bile düşen değil, ayağa tekrar kalkamayan kaybeder. Sen anladın ne demek istediğimi.

Hayatta hiçbir hedefi olmayan insanların gemiden aşağı fırlatılan pet şişelerinden farkı yoktur. Onlar gitmezler ancak suyun akışına kapılırlar. Oradan buraya savrulurlar. Hedefi belirlemek oysa hedefin ta kendisidir. Eğer kurduğunuz taktik işlemiyorsa taktiği değiştirmelisiniz, hedefi değil.

Birini Kaybetmek İstiyorsanız Onu Çok Sevin Yeter

Bir gün, daha önce hiç olmadığın kadar pişman olacaksın. Tam da o kadını kaybettim diye. Ondaki merhametin kimsede olmadığını fark ettiğinde, kimsenin seni bir daha onun kadar beklentisiz sevemeyeceğini hissettiğinde onun sana olan sevgisi bitmiş olacak. Sen bitirmiş olacaksın o sevgiyi. Sen, kendini de onu da ziyan etmiş olacaksın.

Kimse, seni sen olduğun için sevmeyecek, onun katlandığı acılara göz yummayacak. Senin dengesizliklerin ile uğraşmayacak. Rencide edici sözlerine sessiz kalmayacak. Kimse, senin gelgitlerinle başa çıkmayacak. Hazırla kendini bunlara çocuk! Bir daha kimse seni böyle ar namus beklemeyecek!

Senin her daim gidecek bir kapın vardı. İçinde evladını seven bir ana gibi sevenin vardı. O kapıyı sen kapadın be çocuk. Sen ihtimali öldürdün. Bak bunu yapmayacaktın işte. İhtimali yok etmeyecektin. Gün gelecek farkına varacaksın elbette. Kimsenin onun kadar asil olmadığını, kimsenin seni bir daha onun kadar güzel sevemeyeceğini hayat sana zamanla bir bir öğretecek. Sıkı dur o yüzden! Kimse bir daha senin için varını yoğunu ortaya koymayacak.

Kimse, evde sadece ses olsun diye açık bıraktığın televizyon olmayı kabullenmeyecek. Kimse, senin ne kadar arsız olduğunu evvelden sezen insanları karşısına almaya cesaret etmeyecek. Kimse, seni düşmemen için sımsıkı tutmayacak çocuk! Hiç kimse seni herkese inat böyle savunmayacak. Senin, kız gibi trip atmalarına tahammül etmeyecek. Tüm bunların farkına varacaksın çocuk. Yapmayacaktın! Tüm bunları düşünüp her şey için geç olmadan hesaba katacaktın. Geç gelen teselli, idam sonrası gelen affa benzermiş. Sen, şimdi sadece ve sadece yolun geri kalan kısmını onsuz devam etmeye mahkûm bırakılmış koca bir hiçsin!

O ise senden intikam alıp sonunda pişman olmak yerine affedip de pişman olmayı tercih edecek kadar naif. Kaybetmek senin amacın, bu yenik zafer ise onun tercihiydi.

Sevmenin sonuna kadar hakkını vermek, birine layık olabilmek. Bak bu o; sen değil. Bu onun devam eden, bitmek bilmeyen en güzel huyu. Sen, onun içinden bunu söke söke aldın. Bak! Belki de her şeyi yakıp yıkabilir, hatta yerine nefretler dahi dikebilirdin. Ama sen, onun içindeki çocuğu öldürdün. Bunun affı yok! Telafisi yok! Niye biliyor musun? Çünkü hüzün olgunlaştırıyor.

Şimdi ne mi olacak? Merak ediyor musun çocuk? Söyleyeyim. Etrafında tam da bu şekilde sevilmek isteyen adamlar var olacak. Onun, şartsız sualsiz sana tanıdığı yüzlerce şanstan sadece birini kendilerine tanıması için gerekirse kırk takla atacak kadar sevgiye muhtaç adamlar... Senin, değerini bilmediğin her şeyin farkında olan adamlar. Senin, ona göstermediğin ilgiyi, inceliği ona yaşatmak isteyen adamlar. Onu, dünyadaki tek kadın oymuş gibi sevecek adamlar...

İkili ilişkilerde başarısız olduğumuz nokta da bunla alakalıdır. Taktiksiz yaşadığımızdan, ince hesaplara girmediğimizden ve içimizden geleni yaptığımızdan kaybediyoruz tam da. Hayat akışınızı kimsenin eline bırakmayın. Siz değişmeden hiçbir şey değişmeyecek.

Gün gelecek, içinden sadece "Çok özledim." yazmak geçecek. Belki yazacaksın da. Ama elin bir türlü gönder butonuna gitmeyecek. Çünkü asla iflah olmazsın sen. Ah be çocuk! Sen hâlâ gerçekten sanıyorsun ki sevdiğini gururun yüzünden kaybetmek; olmayan gururunu sevdiğin için kaybetmekten daha az acı verir insana. Yanılıyorsun. Hayat, sana da bunu da harfi harfine öğretecek. Ah be çocuk ah!

O, seni kırmamaya çalıştıkça sen zannettin ki o cevap vermesini bilmiyor ya da kendini savunamıyor. Hayır, asla öyle değil. Emin ol, onun da mutlaka olmuştur ağır cümlelere sığdırmak istediği birikmişlikleri. Ama ne yaparsın? Herkes bunları söyleyebilecek kadar geniş yürekli, merhametsiz değil. Hepsi bu.

Kimseyi sana hak ettiğin değeri vermeye zorlayamazsın. Ama onları bunu yapmadıklarına köpekler gibi pişman ettirebilirsin. "Keşke zamanında değerini bilseydim." demelerini sağlayabilirsin mesela. Birini, yolun bundan sonrasını keşkelerle gitmeye, hatta sürünerek ilerlemeye mahkûm bırakabilirsin. Yeter ki kedine zarar verme, ayakta kal. Birini seni yarı yolda bıraktığına pişman ettirmek,

O KADAR TATLI Kİ...

Zordur Sevmeyeni Sevmek

Hayata tozpembe bakmaktan vazgeç. Çünkü o bir hiç. Hem de kocaman bir hiç. Ona kalsa kadınlar kendisi için sıraya dizilmiş. Kendisi buna inanmasa bile seni inandırmak istediği tam olarak bu. Diyelim ki prenses bünyen affetti. Gerçekten ciddi ciddi değiştiğini mi düşünüyorsun? Bir müddet iyi davrandıktan sonra özüne dönecek. Anca kendini anlayacak başka kimse kalmadığı zaman seni arayan biriyle mi bir gelecek düşünüyorsun? Gözlerini aç bence. Sana, canı sıkılınca iş olsun diye kalp ve maymuncuk emojisi attı diye şimdiye dek çektirdikleri yok olmayacak. Gençliğinin katilinin sana sarılmasına, seni öpmesine, pis elleriyle sana dokunmasına müsaade etme. Aslında sen gayet iyi biliyorsun etrafında olup biteni, böyle birini hak etmediğini. Bunu kendisine söylediğinde "O eskidendi, değiştim ben!" diyecek.

Niye kimse kimseye güvenmiyor zannediyorsunuz. Çünkü herkesin geçmişinde, onu çok güvendiğinde pişman ettirmiş biri var.

Edep Sevmekten Önce Gelir

Onun bildiği tek şey senin kendini o kucaktan bu kucağa atmayacak kadar temiz oluşun. Sen, namusuna düşkünlüğünden başkasına gitmiyorsun; o ise kendisini beklediğini sanıyor. Sırf buna dayanarak yalnız kalmayı tercih edeceğinden emin. Kim bekler, sever ki bir daha kimseye güvenemeyecek olmaya sebep olanı? Bundan daha ağır nasıl bir bedel ödeyebilirsin ki? Biliyor ya çok uzun bir süre yalnız kalacağını, er ya da geç onu özleyeceğini sanıyor. "Zaten gidemeyecek başkasına, bir kenarda duruversin." diyor. Böyle fesat düşünceler barındıranları silip atın. Hayat bir daha onun karşısına senin kadar naif, asil ve güzel seven birisini çıkarmayacak. Böylelerini asla hayatınızın merkezine koymayın. Hatta kıyısında köşesinde bile tutmayın. Atın çöpe gitsin!

Biraz Kendini Düşün!

Ne zaman kendi hayatından çalıp başkasının önüne sermekten vazgeçeceksin? Sen zannediyorsun ki bunu sadece gerçekten sevenler yapar. Ne gereksiz bir çaba içinde olduğunu henüz göremiyorsun.

Beni anlamanı beklemiyorum. Seni durdurmaya çalışmak gibi bir niyetim de yok. Sonunu görmeden hızını keseceğini de hiç sanmıyorum.

Belki bir gün, "Bir yerde okumuştum ama pek ciddiye almamıştım." derken aklına gelirim. Kimseyle uğraşacak, büyütecek mecalin kalmadığı zaman…

Bazen hayat herkesin kendi hatasını yapmasını gerektirir.

Keşke onarmaya çalıştıklarınıza verdiğiniz emeğin sadece onda birini kendinize verebilseniz. İlerde onardıklarınız sizi kırdıkları zaman o emek lazım olacak.

Bir Tek Sen!

Her esen fırtınanın hayatını yerle bir edeceğini düşünme. Bazı fırtınalar önündeki engelleri yok etmek için kopar. Şu an nasıl olduğunu, ne zorluklara mücadele ettiğini merak etmeyen biri için kendini beklemeye alma. Bazen biriyle onca uğraşına rağmen ısrarla olmuyorsa sen de bileceksin ki o maalesef senin gibi birini hak etmiyor. Kişiliği henüz yerine oturmamış bir çocuğu adam etmek ve büyütmek senin görevin değil. Deneme bile! Başaramazsın! Bazıları böyledir işte; çocuk gibi sürekli kolaya kaçarlar. Tek eksik ağızlarındaki emzik. Sorumluluk ne bilmezler, pişmanlıklarını hissettiremezler. Hani çaba gerektirir ya... Hayatına aldığın kişinin aslında tam da böyle biri olduğunu fark ettiğin zaman sakın, tartışma çıkmasın, yanlış anlamasın, fırtına kopmasın diye beklenti yapma. Belki düzelir diye içinde boşu boşuna umut barındırma. Hatta daha ileri git. Var olan umudu da kendin imha et. Seni düşünmeyen, senin için uğraşmayandan adam olmaz.

Bir erkeğin kalitesini ne tipi ne parası belli eder. Ağzından çıkan lafın arkasında durması tek unsur!

Az Sonra Okuyacağınız Çıkmaza Allah Kimseyi Sokmasın

Birine hak etmediği değeri fazlasıyla veriyorsanız, haklıyken alttan alıp barışma yolları arıyorsanız, sizi taş çatlasın hayatının kıyısında köşesinde barındıranları, etik kurallarına aykırı, inatla kendi hayatınızın merkezine yerleştiriyorsanız, size bir adım dahi atmayana, yüzlerce adım atmakta ısrar ediyorsanız, düzelmeyeceğini bildiğiniz halde belki bir ihtimal düzelir diye çabalıyor, uğraşıyorsanız, herkes onun nasıl biri olduğunu resmen gözünüze sokarken siz hâlâ onu savunacak bahaneler üretiyor, tüm iddiaları ona konduramıyor, "Hakkında söylentidir sadece bizi çekemediklerinden üretiyorlar." gibi algılayıp, sahipleniyorsanız...

ARTIK HAZIRSINIZ, MUTSUZ

OLABİLİRSİNİZ!

Beni Neden Sevmedin?

Kimsenin belkisi, bazeni, canı sıkılınca hatırladığı, diğer kapılar yüzüne kapandığı zaman dönmek istediği kişi olmayın. Sen kimsenin rehabilitasyon merkezi değilsin. Seni, yedek plan olarak gören insan değişmez. Sadece bir müddet durulup sonrasında eski haline döner.

Seni şüpheye düşüren herkesten koşarak uzaklaş. En kötü ihtimali bile göze al ama hiçe sayılmayı göze alma. Bir insan ya nettir ya değildir! Ya siyah ya beyaz. Kural basit: Başkasına tercih edildiğinde oyun biter! Aklının affetmediği yerde kalbine yenik düşmeyeceksin. Kaybettiğin yerde beklemeyeceksin. Yalnızlık, seni tekrar paramparça edeceğini bal gibi bildiğin kişinin kollarına itmesin. Buna izin verme! Bekliyorsun ama kimi? Gerçekten sanıyor musun onun hiç çabaladığını? Sen, hiç sana "Seni seviyorum." demeyen biriyle oldun mu?

Bakın, bu farkındalık noktası çok önemli. Çünkü yeni bir geleceğin başlangıcıdır. Vazgeçildiğini kabullendiğinde tüm mücadelen bitiyor. Hem de hiç umurunda olmuyor birinin seni üzmüş olması. Anca bu aşama sonrası emin oluyorsun, seni kıran kişinin aynı zamanda seni tamir edecek kişi olmadığına. Çünkü biliyorsun, denemesine müsaade etsen dahi beceremeyeceğini. Bazı gerçekler öyle kolay kolay yadsınamıyor maalesef ve bazen de artık çok geç diyebilmek için bile çok geç kalınmıştır.

Sen istesen de istemesen de sana seni sevdiğini her söyleyişinde, her dokunmak isteyişinde aklına hep sana tekrar geri dönmeden önce uğradığı kişiler ile yaşadığı senaryolar gelecek. Acabaların hiç yok olmayacak. Araya bir başkasının girdiği her ilişki er ya da geç mahvolmaya mahkûmdur. Kendinizi kandırmayı bırakın!

İlişkinizin olmadığı süreçte, ilişkiniz varmış gibi didinmeyin. Senin hak ettiğin; seni yormamak için kendini yorandır. Seni gerçekten isteyen kişi, arada bir yoklamakla yetinmez. Gerekirse kendinden vazgeçer ama senden vazgeçmez. Seni sevdiğini sana iliklerine kadar hissettirene kadar aslanlar gibi savaşır. Onun derdi yalnızlık değil, sensizliktir. Bilirsin ki onun istediği herhangi bir şey değil, SENSİN! O seni sever. Ama asıl seni sevmeyi sever. Hissedersin.

Onun davası elde etmek değil, aklında güzel kalabilmektir. Seninle eskisi gibi olamamak hissi ağırdır ama pes etmez. O, seni adamlığı dışında hiçbir şeyle ikna etmeye çalışmaz. O, senin onun kollarında kedi gibi kıvrıldığının hayali ile yetinir. Onun gözü asla bedeninde değildir. O, senin ruhuna âşıktır. O, senin saçının teline dahi kıyamaz ki kötülüğünü istesin. Böyle birini bulursanız acısıyla bırakmayın. Kaybedersiniz!

Senin yedek planın, yedekteki kadının olmaktansa bin kilometre uzağında olmayı tercih ederim.

"Sen,
bitmiş bir kitabın ölmüş bir
karakterisin!"

"Eş seçmek kitap seçmeye benzer, iyi tasarlanmış bir kapak ilginizi çekebilir ama içeriği sağlam olmadıkça sonunu getirmek zordur."

Rabb'ime binlerce kez teşekkür ederim. Beni sonuna kadar okumanızı sağlayıp sizler ile tanıştırdığı için…Tanıştırdığı derken bana göre artık Pazar ve Pazartesi gibiyiz, birbirimize en yakın, birbirimize en uzak…

Allah kendisine yönelen ve hatalarını içtenlikle affettirtmeye çalışan kullarının günahlarını bağışlar. Yeter ki biz kendimizi affettirmeye çalışırken ihlâs ve samimiyet doğrultusunda hareket edelim. Bunu sadece ve tek Allah için uygulayalım, herhangi bir menfaat için değil.

Dilerim bu kitap sayesinde her biriniz satırlarım arasında sadece altı çizilecek sözler değil de karalanması gereken hatalarla yüzleşme fırsatı bulmuşsunuzdur.

Aşk bu; insanı düzeltmeye çalışmadıkça ömrünün sonuna kadar taşıyamayacağı pişmanlıklara yaşamaya mahkûm bırakabilecek güce sahip. Toprağın altında geçireceğimiz vakit, üzerinde geçireceğimizden çok daha fazla. Yarın geç olmakla meşhurdur. O yüzden elinizden geliyorsa ertelemeden geçmişte herhangi bir hatada, bir tartışmanın ortasında istemeyerek de olsa kırdığınız sevdiklerinizden yaşanmış güzel şeyler ve iyi niyetler adına helallik almaya çalışın. Yarın geri kalan ömrümüzün ilk günü; geri kalan kısmını huzur içinde yaşamak istiyorsanız unutmayın ki acının sonu vardır ama pişmanlık kalıcıdır.

Duygularınızı anlayabilip yönetebilmeniz dileklerim ile; Hakkınızı helal edin.

HAKAN ÖZKAN